Cabeça a prêmio

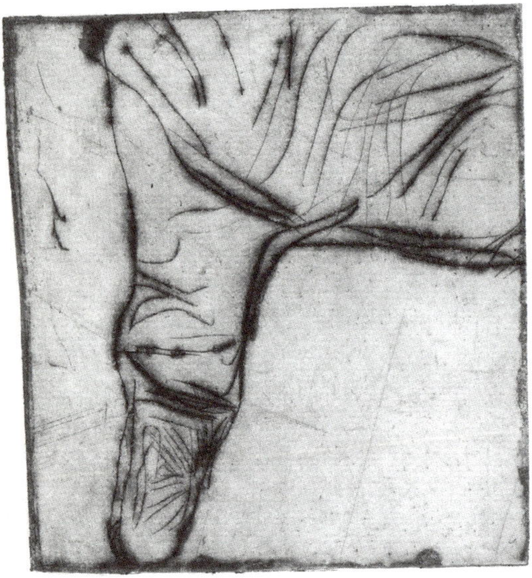

Cabeça a prêmio marçal aquino

ilustrações Ulisses Bôscolo de Paula

Cosac & Naify

IMAGEM DA CAPA Ulisses Bôscolo de Paula, sem título, 2003

Projeto gráfico MAYUMI OKUYAMA
Preparação HÉLDER GARNES
Revisão ALEXANDRE BANDEIRA DE MELLO SANTOS DA FIGUEIRA

Catalogação na Fonte do Departamento Nacional do Livro
[Fundação Biblioteca Nacional]

Aquino, Marçal [1958 -]
Marçal Aquino: Cabeça a prêmio
Ilustrações: Ulisses Bôscolo de Paula
São Paulo: Cosac & Naify, 2003
192 p., 37 ilust.

ISBN 85-7503-208-9 CDD 869-3B

1. Literatura brasileira 2. Narrativa
3. Marçal Aquino 4. Ulisses Bôscolo de Paula

COSAC & NAIFY
Rua General Jardim, 770, 2º andar
01223-010 – São Paulo SP
Tel [55 11] 3218-1444
Fax [55 11] 3257-8164
info@cosacnaify.com.br
www.cosacnaify.com.br

Atendimento ao professor [55 11] 3218-1466

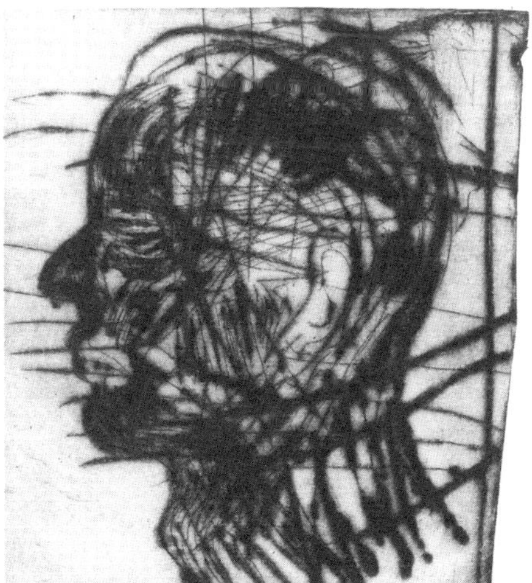

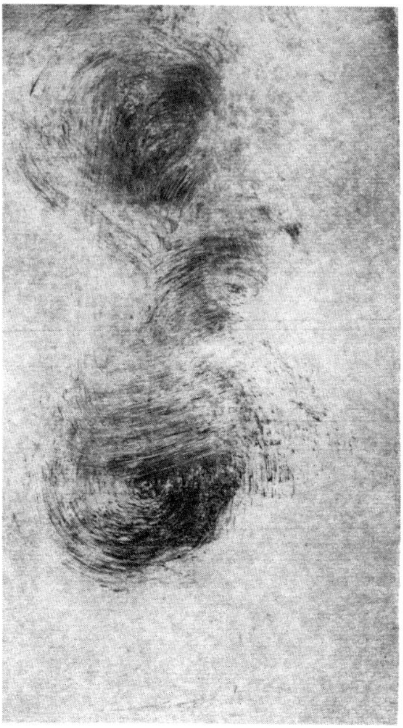

I wanna be able to make westerns like Kurosawa did.

Sam Peckinpah [1925-1984]

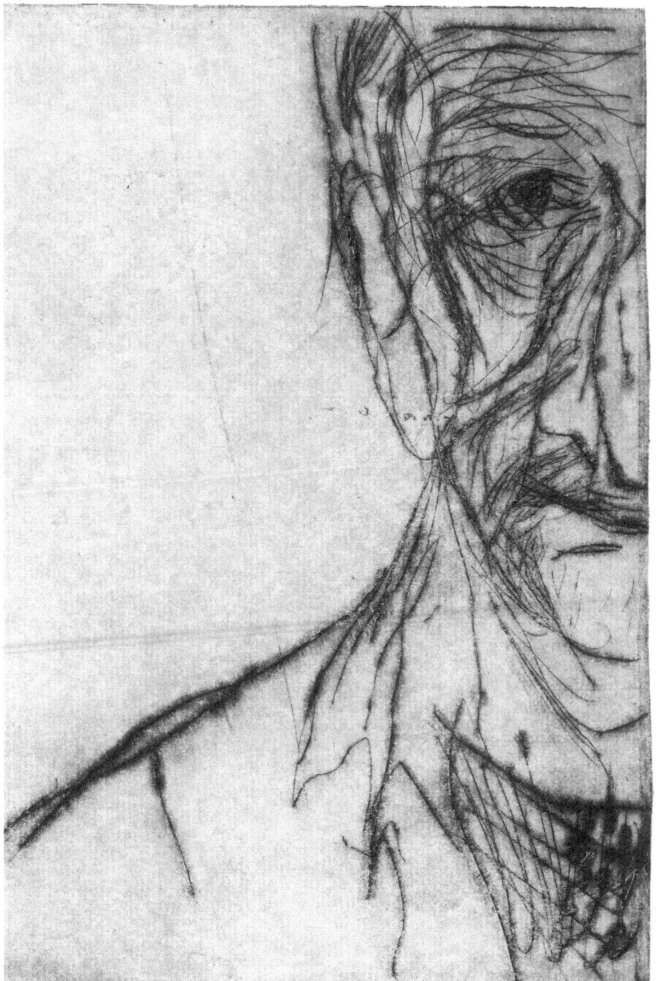

I

Ele detestava seu nome.

O que o fez lembrar foi o letreiro na barraca da cartomante: Gilda. Estava fazendo hora num parque de diversões. Farejando o ambiente.

Gildo. O pai escolhera o nome para homenagear um jogador de futebol. Tinha raiva do pai por isso. E por outras coisas também.

Sempre se apresentava com seu sobrenome. Para todo mundo, ele era o Brito. E só. A maioria nem sabia que se chamava Gildo. Melhor assim. Uma única vez aconteceu de alguém fazer uma brincadeira com o nome. Um garçom em Foz do Iguaçu. Tomou dois tiros, um em cada joelho.

Ventava. De vez em quando uma cortina de pó avermelhado se erguia do chão, um pó fino, que grudava na pele, ressecava a garganta, ardia nos olhos. Avermelhava tudo. Dava para entender por que era difícil encontrar alguém usando roupa branca naquele lugar. Uma loira correria o risco de ficar ruiva de uma hora para outra.

Mas não havia loiras ali. As mulheres eram pardas, mulatas ou negras. As brancas tinham a pele encardida. Feito a baixinha de vestido florido que conversava com Albano.

Eles se mantinham afastados, para escapar da luz do poste, e a baixinha dava pinta de estar achando muito divertidas as coisas que Albano falava. Brito se encostara num *trailer*, próximo à barraca da cartomante. A todo instante, porém, ele e Albano se olhavam, atentos. Costume.

Os homens que circulavam pelo parque não levavam grande vantagem sobre as mulheres. Pareciam grosseiros, desajeitados, pouco à vontade no mundo. Inclusive os mais jovens.

Na verdade, Brito não gostava de gente. E isso facilitava um pouco seu trabalho. Para ele, um mundo perfeito seria aquele em que não precisasse ter contato com seus "assemelhados" – era assim que se referia às pessoas ao seu redor.

As mulheres, ele tolerava. Mas seus relacionamentos acabavam quase sempre em tumulto. Tinha se apaixonado somente uma vez, Brito contabilizava, e fora um desastre. Marlene.

A cartomante lia a sorte para um casal de adolescentes e eles riam de cada uma das previsões, sem dar muita atenção ao que ela falava. A fase das rosas. Brito sabia o que era aquilo.

Havia conhecido Marlene numa casa de mulheres em São Paulo. Os dois se gostaram e resolveram viver juntos num apartamento antigo e espaçoso no centro. Brito fez da cidade sua base e viajava com freqüência. Pelo tipo de trabalho que fazia, era indiferente morar aqui ou ali, desde que tivesse um telefone à mão e estivesse a postos quando chamassem. E Brito sempre estava.

Marlene era uma morena alta, ossuda, com olhos verdes meio puxados, um toque de safadeza num rosto bonito. Ela desconhecia a natureza do trabalho de Brito. Não fazia perguntas.

Brito adorava retornar das viagens por saber que Marlene, assim como ele, sentia saudades. Passavam dias inteiros na cama, só se levantando para comer ou ir ao banheiro. Gastavam o resto do tempo indo a cinemas, restaurantes ou passeando. Brito chegou a engordar nesse tempo.

Ele notou que Albano pegava nos braços da baixinha enquanto falava. A velha tática de dominar a presa antes do bote. Albano era um sujeito esquisito. Tinha mania de pôr fogo nas coisas. Às vezes, estava conversando e, de repente, ateava fogo num papel ou num pedaço de jornal e jogava em cima de você. Uma brincadeira estúpida. Embora não fumasse, andava sempre com fósforos ou um isqueiro no bolso. A baixinha não sabia com quem estava se metendo.

O casal pagou a cartomante e saiu da barraca abraçado. A mulher olhou para Brito antes de guardar o dinheiro numa caixinha de madeira.

Não quer saber o seu futuro?

Ele se virou e analisou melhor a cartomante. Ela usava uma blusa de tecido fino e dava para ver a sombra escura dos mamilos. Era jovem ainda.

Posso falar tudo sobre os negócios, a saúde, o amor.

Brito não acreditava em nada disso. Não era supersticioso, não lia horóscopo e nunca rezava. Acreditava que quando as coisas tinham de acontecer, não adiantava lutar contra. Uma vez conheceu um homem que vestia a roupa de baixo ao avesso, para dar sorte, antes de cada trabalho. Afrânio. Morreu num acidente besta no interior de Minas.

A cartomante segurou as mãos de Brito. Disse que eram fortes, de um homem poderoso. Albano e a baixinha continuavam entretidos.

Hum, mas olha como é curta a sua linha da vida.

Brito riu. Vidrado nos seios da mulher.

Vida curta, mas agitada, ela disse.

Um pequeno redemoinho de poeira se levantou perto de onde estavam. A mulher espetou o indicador na palma da mão esquerda de Brito.

Tem uma moça que pensa muito em você.

Como ela é?

Havia malícia no olhar da cartomante.

Loira, bonita.

Só se Marlene tivesse pintado os cabelos, Brito pensou. Não, ficaria ridícula. Ele livrou sua mão.

Obrigado, não estou interessado.

Ela olhou para os lados, baixou a voz.

Eu tenho uma coisa que vai te interessar.

A mulher apontou o *trailer*. Brito hesitou. Ela entrou e manteve a porta aberta para que ele passasse. Brito achou engraçado quando a mulher disse que ele não precisava ter medo.

A luz era fraca, o *trailer* estava atulhado de badulaques. Havia um perfume adocicado no ar, uma cama num dos cantos e uma menina deitada sobre ela. Usava um *short* cavado, um bustiê, ambos vermelhos, e lia um gibi, que colocou de lado quando Brito entrou. Não devia ter mais de doze anos.

A cartomante se aproximou da cama, ergueu o bustiê da menina. Os seios davam a impressão de ter brotado uma semana antes.

Ela é muito carinhosa, disse. Você vai gostar, eu garanto.

Ela é muito nova.

E não é disso que vocês gostam?

A mulher soltou o tecido do bustiê, deixando descoberto um dos seios. Isso pareceu não incomodar a menina.

Ela é limpinha, não se preocupe.

Brito deu um passo para a frente e seu peso provocou um rangido na estrutura metálica do *trailer*. Ele esticou o braço e tocou o mamilo da mulher.

E você?

Ela recuou, seu rosto ficou sério.

Eu não posso.

Por que não?

Estava tão próximo que pôde sentir o cheiro da mulher se alterando. Ela moveu a cabeça, olhou por cima do ombro dele. Brito se voltou na hora. E só então percebeu o rapaz encostado no canto oposto do *trailer*. Musculoso, cabelo escovinha, com uma barra de ferro numa das mãos. Seu olhar era duro e confiante. E sua respiração emitia um chiado forte. Como se bufasse. Brito se afastou devagar, calculando as chances de alcançar a arma no coldre do tornozelo. Zero. Ele não teria tempo, seria atingido antes. A menina permanecia na mesma posição, com um minisseio de fora, como se nada estivesse acontecendo. Brito saiu do *trailer* de costas, sem tirar o olho do rapaz. A mulher veio até a porta.

É verdade o que eu falei da moça. Tá na sua mão. Ela pensa sempre em você.

Ele se afastou sem dizer nada. Ainda teve tempo de ouvir a mulher gritando: É uma morena. E descobriu que Albano e a baixinha tinham sumido. Antes de sair do parque, Brito observou por algum tempo a casa no lado oposto da rua.

A grade de ferro era alta e circundava toda a frente. Faixas de grama empoeirada ladeavam os degraus da escada, que terminava numa varanda ampla. Uma pequena lâmpada azul iluminava a imagem de um santo num nicho ao lado da porta. Apesar das cortinas no vitrô da sala, Brito conseguiu ver a luz intermitente da televisão. Ele estava lá. Brito e Albano sabiam disso, mas também sabiam que haveria sempre alguém acordado na casa.

Estavam na cidade há três dias e ainda não tinham um plano. Apenas vigiavam a casa. Brito não se preocupava: por estar no comando, cabia a Albano decidir como agiriam. De volta ao quarto do hotel, tirou a roupa, deitou-se na cama e ligou a TV. Só existiam dois canais disponíveis, e chuviscos e programação insuportável nos dois. Mas ele manteve a TV ligada. E aumentou o volume quando Albano começou a gemer e a baixinha a gritar no quarto vizinho. As paredes eram finas, o casal, não.

Brito não gostava de mulheres que faziam escândalo na cama. Achava vulgar e ficava sempre com a impressão de que fingiam. Ele se lembrou de Marlene, com quem isso nunca acontecia: nessas horas, ela costumava sussurrar palavras incompletas em seu ouvido. Antes que a lembrança de Marlene o deixasse deprimido, Brito procurou concentrar seu pensamento no piloto.

Tinha visto o sujeito uma única vez, numa festa. Nem chegaram a ser apresentados. Parecia artista de novela: alto, forte, rosto bonito, olhos claros, o cabelo comprido preso num rabo-de-cavalo. As mulheres da festa, até mesmo as casadas, trocavam cochichos cada vez que ele passava. Brito conhecia o tipo: embora parecesse alheio ao efeito que causava, o piloto estava apenas identificando o melhor alvo para um ataque.

A baixinha gania feito uma cadela. Albano prolongou um grunhido: Caraaaalho. Quando se acalmaram, Brito desligou a TV, mas demorou bastante para pegar no sono. Ficou pensando numa porção de coisas. Uma delas: agora, não havia motivo para ter pressa em voltar para casa. E isso ele achava muito triste.

2

Se tivesse de dar um exemplo de um dia perfeito, com certeza Carlito Seixas mencionaria aquela terça-feira.

Pela manhã, o dono da maior concessionária de carros e de dois supermercados da cidade passara na rádio. Assunto: compra de espaço publicitário. Era o terceiro empresário importante que Carlito roubava da concorrência em menos de quinze dias. A rádio dominava a audiência na região.

O homem foi embora depois de fechar um contrato para propaganda de seis meses. Contrariando a fama de mão-de-vaca, o radialista deu até um desconto. Pequeno.

Do meio-dia à uma, horário em que comandava um programa de variedades ao vivo, os telefones da rádio ficaram congestionados pelas ligações de ouvintes. O povo, Carlito pensou, porra, era o povo manifestando apoio à cruzada que ele promovia contra o prefeito da cidade. Carlito fora informado de que o político planejava candidatar-se a deputado e iniciara uma agressiva campanha de denúncias pelo rádio. Era um sucesso.

Depois do programa, como fazia todos os dias desde que enviuvara, foi até a *Cantina Gênova*, um reduto de oposição ao prefeito. Vários clientes o cumprimentaram, elogiando sua campanha. Aquele era um momento glorioso em sua vida.

Carlito Seixas estava com 71 anos. Tinha boa saúde, algum dinheiro e motivos de sobra para estar feliz: acabara de descobrir o poder do Viagra.

Almoçou com o vereador que o municiava de informações sobre o prefeito. Recebeu mais material para denúncias, documentos estarrecedores. Ia botar pra quebrar. E melhor ainda: o almoço ficou por conta do vereador.

O dia continuava perfeito quando voltou para a rádio. Uma garota de minissaia, coxuda e bronzeada, levantou-se do sofá na recepção e disse que queria falar com ele. Carlito a recebeu em sua sala.

Flávia, gaúcha, 21 anos (parecia menos, ele registrou), recém-formada em Jornalismo. Apresentou currículo, explicou que seu negócio era rádio.

De cara, Carlito falou que Flávia tinha uma voz ótima, embora o sotaque atrapalhasse um pouco. Ele nem se preocupou em disfarçar e olhou o tempo inteiro para as coxas dela – em algum momento ela teria de descruzar aquelas pernas. Disse que talvez valesse a pena pensar num período de estágio. Assim, Flávia teria tempo para atenuar o sotaque. Era tudo uma questão de treino, assegurou, com o aval de sua experiência de veterano em rádio. E, de imediato, desviou a conversa para outros temas. Amenidades.

Carlito Seixas precisou de apenas vinte minutos para convencê-la a jantar com ele naquela noite. Mas prolongou o papo por quase duas horas. Flávia era inteligente e bem-humorada. E linda. Carlito poderia passar o resto do dia sentado ali, só olhando para ela.

Flávia cruzou as pernas algumas vezes. Na última, ele pensou: É um dia perfeito, não falta mais nada.

Porém o radialista estava enganado. Havia mais, como ele descobriu no final da tarde. Ansioso, Carlito resolvia às pressas alguns assuntos pendentes da rádio. Não via a hora de ir para casa, tomar um banho, perfumar-se, preparar-se para o encontro. O telefone tocou sobre sua mesa.

A voz masculina soava metálica e limpa. Daria um bom locutor, Carlito pensou logo que começaram a conversar. O homem era educado e objetivo: disse que tinha um negócio importante para tratar com ele e perguntou se podia passar na rádio.

Carlito olhou o relógio na parede e suspirou. Aflito.

É urgente?

É.

Você não pode vir aqui amanhã cedo?

Não. Tem que ser hoje, o homem disse.

Do que se trata, afinal?

Não posso falar por telefone.

O radialista consultou o relógio mais uma vez e considerou a hipótese de mandar o sujeito à merda e bater o telefone. Não ia cancelar seu encontro. Nem fodendo.

Você não vai mesmo me adiantar o assunto?

Não posso. É confidencial.

Carlito pensou em sua cruzada de denúncias.

Tem a ver com o prefeito?

Talvez.

Carlito sorriu. Costumava seguir sua intuição.

Vamos fazer o seguinte: tenho um compromisso agora à noite e não quero faltar. Você pode passar aqui na rádio lá pela meia-noite?

Posso.

Ótimo. Vou estar aqui de qualquer jeito. Sou eu quem fecha a rádio depois que ela sai do ar.

O homem agradeceu e desligou.

O radialista inclinou o encosto da cadeira até tocar a parede às suas costas. Precisava comprar um bilhete de loteria para o dia seguinte. Queria aproveitar a maré de sorte. Então acendeu o quarto cigarro dos sete que iria fumar naquele dia perfeito. Algo muito grande estava a caminho, ele pressentia. Se sua intuição não falhasse – e por que falharia justo agora? –, em breve teria munição para o golpe de misericórdia no prefeito. Trabalhando direito, poderia até derrubá-lo.

Carlito Seixas fechou os olhos. E lembrou-se de Flávia. E do cheiro de seus cabelos, captado quando ela se despediu com dois beijinhos em seu rosto. O radialista sentiu calor nas virilhas.

Quem diria, ele pensou, que era o mesmo homem que dois anos antes se julgava liquidado. Perdera a mulher, não tinha filhos. Nem planos ou ambições. Achava que as coisas caminhavam para o fim. E aceitava esse destino de forma passiva. Às vezes ainda se encontrava com mulheres – chegou a contratar o serviço de algumas profissionais. Mas depois de duas ocasiões em que não conseguiu funcionar, até isso deixou de lado. O constrangimento não valia a pena.

E, de repente, tudo mudou. Ele voltara à vida. Um renascimento.

Antes de ir para casa, Carlito testou o sistema de gravação instalado sob o tampo da mesa e colocou uma fita virgem no equipamento. Ele tinha o costume de gravar as conversas que ocorriam naquela sala, sem que os visitantes soubessem. Munição pesada.

No jantar, comeu pouco e bebeu uma única taça de vinho. Flávia se encarregou do restante da garrafa e ainda tomou uma segunda. Ele gostou de ver aquilo. Facilitava as coisas. Ela estava falante e corada. Uma deusa.

Depois, logo que entraram na casa de Carlito, Flávia tirou as sandálias – ele não conseguia acreditar que iria beijar aqueles pés – e perguntou se podia fumar um baseado. Carlito disse que não a acompanharia, mas ela podia ficar à vontade. Disse que não se importava, era um velho liberal.

Ela se esticou no sofá e falou com dificuldade, retendo a fumaça nos pulmões.

Você não é tão velho assim.

Carlito olhava para o umbigo que a blusa curta deixava exposto. Hipnotizado.

Você acha mesmo?

Flávia confirmou. Depois riu e acabou se engasgando com a fumaça da maconha e teve uma crise de tosse. Vestia uma calça apertada e Carlito podia ver os contornos de sua calcinha. Minúscula. Ele conferiu o relógio: queria saber a hora exata para quando fosse lembrar daquele momento no futuro. Faltavam dois minutos para as dez da noite.

O radialista só lamentou ter de deixar a luz apagada no quarto. Adoraria ver Flávia sem roupa. Mas não gostava de olhar para o próprio corpo. Achava obsceno que houvesse tantas coisas se mexendo, flácidas. Sentado na cama para livrar-se das meias, teve de se contentar com a silhueta que se despia à sua frente.

Flávia ficou nua, pediu que ele se levantasse e então se ajoelhou. Carlito a agarrou pelos cabelos e fez um grande esforço para manter-se em pé. Na hora em que a vertigem se tornou insuportável, ele desabou.

Quando terminaram, saiu da cama de imediato. Estava atrasado. Recolocou as roupas e, ao passar pela sala, viu a bolsa de Flávia sobre o sofá. Uma idéia riscou seu cérebro de repente. Em princípio, tênue; depois, ameaçadora.

Uma armadilha.

Ele abriu a bolsa, suas mãos tremiam um pouco, achou a carteira e conferiu a idade num documento. E soltou o ar dos pulmões. Ela não mentira: tinha completado 21 anos. Carlito não resistiu: voltou ao quarto e acendeu a luz. Flávia dormia de bruços, o corpo atravessado na cama. Tinha conquistado naquele momento a vaga de estagiária na rádio, cargo que, por sinal, acabara de ser criado.

Carlito Seixas saiu de casa contrariado. Seu desejo era deitar-se ao lado de Flávia. Por isso, a caminho da rádio, amaldiçoou várias vezes o homem de voz metálica. Se a conversa dele não valesse a pena, planejava

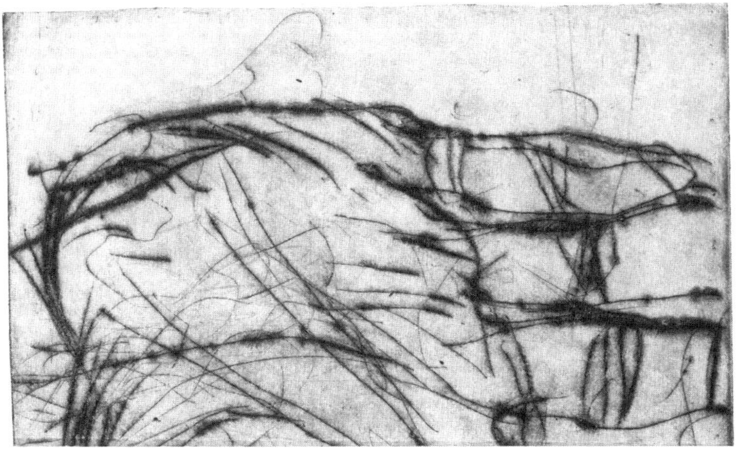

dispensá-lo no ato. Mas o alarme da intuição continuava soando e o radialista conseguia adivinhar o que estava para acontecer. O homem de voz metálica era um emissário do prefeito. Iam ver uma coisa: Carlito Seixas era mau. Um demônio. O satã de Apucarana.

À meia-noite em ponto, a rádio tocou o Hino Nacional e interrompeu a programação. Pouco depois, a locutora noturna e o técnico se despediram e foram para casa. Carlito permaneceu sentado em sua sala, fumando o último cigarro daquela terça perfeita – na verdade, já era o primeiro cigarro da quarta. De vez em quando, colocava os dedos próximo ao nariz e recuperava o cheiro de uma vertigem. Flávia.

À meia-noite e doze, ele ouviu a campainha. Um toque breve. Carlito acionou o equipamento de gravação. Seus passos, ao sair da sala para receber o visitante, já ficaram registrados na fita.

O homem de voz metálica usava óculos de aro grosso, estava bem vestido e carregava uma pasta de executivo.

Bingo, Carlito pensou. Um advogado. E a grana.

Apertaram-se as mãos, o homem disse que era um prazer, mas não revelou seu nome – nem Carlito perguntou. Conhecia bem os movimentos daquele jogo.

Levado para a sala, o homem sentou-se, mantendo a pasta no colo e os braços apoiados sobre ela. O radialista ocupou seu lugar e percebeu que sentia um grande cansaço. Um cansaço agradável. E estava um pouco impaciente.

Muito bem, você disse que tem um negócio que me interessa...

O homem olhou para os lados e depois encarou Carlito, sem dizer nada. Parecia tenso.

Pode falar sem medo, o radialista disse. Nós estamos sozinhos aqui.

O homem continuou quieto, observando o ambiente. Carlito gelou: o filho da puta tinha cara de esperto, será que desconfiava que estava sendo gravado? Resolveu avançar uma casa.

Eu sei por que você está aqui.

As sobrancelhas do homem se moveram.

Sabe?

Carlito riu.

Sei. Só falta descobrir o que vocês vão me oferecer.

Então foi o homem que riu. Riso rápido, que não chegou a eliminar a tensão em seu rosto. Carlito abriu os braços.

Pode parar de rodeios. Ninguém vai ficar sabendo de nada. Quanto você tem aí na pasta?

O homem acionou os fechos e abriu a pasta. O radialista sorriu, vitorioso. Ia foder com todo mundo. Ainda estava sorrindo quando o homem levantou o revólver.

O prefeito passou pelo velório de Carlito Seixas no final da tarde de quarta-feira. Postou-se ao lado do caixão e baixou a cabeça, como se orasse. O rosto do radialista estava sereno, intacto. Parecia dormir.

A informação que o prefeito recebera falava de dois tiros. Ele cumprimentou os parentes e conhecidos, um por um, olhando firme nos olhos. Havia um zunzum, o prefeito sabia, conversas pela metade. Ele permanecia tranqüilo: Carlito tinha um monte de inimigos.

Do velório, o prefeito e seus assessores seguiram direto para a chácara de um aliado político, nos arredores da cidade. Da rodovia, já era possível sentir o cheiro da carne. Ele gostou daquilo, era fã de um bom churrasco.

Os homens e as mulheres que estavam na chácara beberam até o fim da noite. Comemoravam. Houve um tumulto alegre no momento em que alguém propôs que o prefeito desse o nome de Carlito Seixas a uma rua da cidade. Ele ergueu seu copo.

Boa idéia. Vou mandar pesquisar se existe algum beco sem nome por aí.

Todos riram muito.

Flávia ainda dormia na casa do radialista quando a polícia apareceu. Tinha acabado de clarear – minutos antes, o funcionário encarregado de abrir a rádio havia encontrado o cadáver de Carlito. Confusa, Flávia demorou para entender onde estava e o que acontecia. Tomou um aperto dos policiais e teve dificuldade para convencê-los com sua história. Acabou liberada. E ficou sem o cargo de estagiária.

Uma injustiça. O nome dela fora a última palavra pronunciada por Carlito Seixas, conforme a gravação que foi encontrada três dias depois. Na fita, o interlocutor do radialista falava uma única vez e a polícia não conseguiu identificá-lo. Um homem de voz metálica.

O primeiro tiro atingiu Carlito no peito. O susto e o impacto, uma fração de segundo depois, fizeram com que caísse da cadeira.

Munição pesada.

O radialista viu as pernas do homem contornando a mesa e ergueu os olhos. Um rosto sem nenhuma expressão. Quase metálico, como a voz. Carlito levantou um braço, quis dizer que não era justo, não naquele momento. Mas só teve forças para murmurar Flávia. Já estava morto quando tomou o segundo tiro.

Por algum tempo, o atirador se manteve imóvel, atento aos ruídos. Então, sempre com gestos rápidos, guardou o revólver e fechou a pasta. Antes de sair da sala, olhou para o cadáver no chão – a mancha de sangue na camisa crescia lentamente. Era o primeiro homem que matava.

Ele desceu a rua em direção à praça, onde deixara o carro estacionado. Caminhava tranqüilo, sem pressa. Alguém voltando do trabalho fora de hora.

A padaria da esquina estava com as portas de aço pela metade. Em frente, dois rapazes de jaleco azul e calças arregaçadas lavavam a calçada. Um deles assobiava. Não viram quando ele passou.

Colocou a pasta no porta-malas do carro e olhou a praça deserta. Nascera numa cidade parecida com aquela. Não tinha saudades. E nunca a visitava, embora seu pai ainda estivesse vivo, até onde sabia.

Entrou no carro e dirigiu devagar pelas ruas estreitas e muito limpas. O trabalho fora feito sem problemas e isso o deixava satisfeito. Não sentira nada na hora. Nem medo, nem pena. Um trabalho como outro qualquer, conforme Mirão havia falado quando o contratou. Lembrava-se da frase:

Você vai ver, Brito, dá até um certo prazer.

Nisso, Mirão estava errado. Não sentira nenhum prazer.

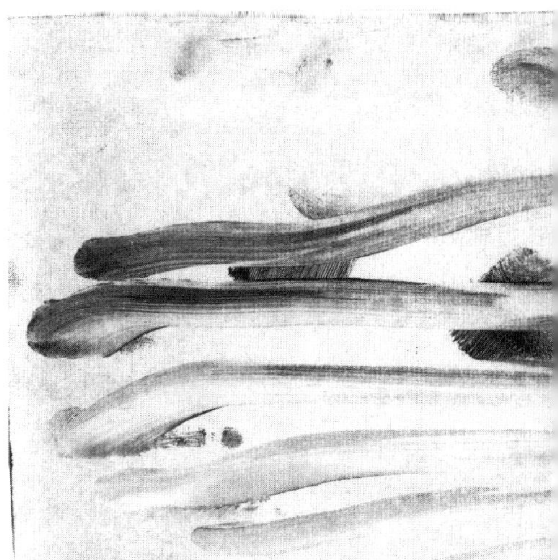

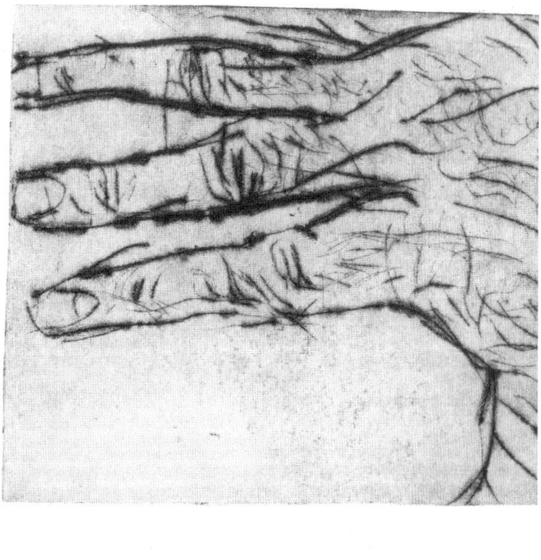

3

O que você falou pra ela?

Brito indicou a baixinha com o polegar. Ela havia ficado no carro, ouvindo rádio em alto volume, com as portas dianteiras abertas.

Que a gente está olhando gado para comprar na região.

Albano e Brito estavam parados numa elevação do terreno. À frente dos dois, a plantação de fumo se estendia por uma vasta planície. As montanhas ao fundo pareciam azuladas por causa da distância.

Até agora não vi um boi sequer por aqui.

Albano fez um gesto de desdém.

Não esquenta, ela não desconfia de nada. Só está interessada na minha pica.

Brito se abaixou, pegou um pedaço de pau e cutucou um formigueiro. A presença da mulher o incomodava. Mas ele sabia que nada podia ser feito. Cabia a Albano decidir. As formigas eram vermelhas e se agitavam a esmo pela terra revolvida. Se algo desse errado, Brito também iria se foder. Esse era o problema. Ele falou sem olhar para Albano.

Você já pensou como vamos fazer?

Albano se agachou e tentou, sem grandes resultados, queimar as formigas com o isqueiro.

Ainda não. Você tem alguma idéia?

Brito desistiu do formigueiro, levantou-se e atirou para longe o pedaço de pau. Evitou que Albano tivesse a idéia de acendê-lo para usar como tição contra as formigas.

Não.

Pois é, tá parecendo que vai ser complicado.

Naquela manhã, quando Brito chegou no restaurante do hotel para tomar café, Albano e a baixinha já ocupavam uma das mesas. Ambos de cabelos molhados, um colocando coisas na boca do outro. Feito um casal em lua-de-mel. Cogitou sentar-se numa outra mesa, sozinho, mas Albano o chamou e apresentou a mulher. Odete.

Ela havia nascido naquela cidade e nunca saíra dali. Era desquitada, não tinha filhos e trabalhava só no período da tarde. Num salão de beleza – feia daquele jeito, Brito riu dessa ironia.

O avião, um monomotor amarelo, surgiu de repente no céu sem nuvens. Albano se ergueu e passou o pé pelo formigueiro. O ronco do motor demorou para chegar até onde estavam.

Albano tinha comprado um chapéu no dia anterior. Usava uma camisa xadrez, calça jeans e um cinto de fivela grande. Ele e seus disfarces. Brito achou que estava mais para peão novato de rodeio do que para comprador de gado, mas não comentou nada.

A Odete quer te apresentar uma amiga dela. Você está a fim?

Brito não respondeu. Observava o monomotor, que voava baixo e começara a pulverizar a plantação.

Vamos sair os quatro juntos hoje à noite?, Albano perguntou.

O mulherio desta cidade é muito ruim.

Albano olhou na direção do carro. Odete cantava, feliz da vida.

É verdade. Mas você precisa ver como essa baixinha gosta de foder.

Olha, Albano, não sei se tô interessado em conhecer a amiga dela.

Você que sabe.

Ao chegar ao final de cada faixa da plantação, o monomotor ganhava altura e fazia uma manobra ousada para retornar. Quase um *looping*. Brito calculou que o piloto se exibia para alguém em terra.

Pense bem, Brito: pode ser que a gente demore por aqui. Pelo menos você vai ter companhia.

O vento trouxe o cheiro do pesticida. As narinas de Brito começaram a arder.

Vamos sair daqui, Albano.

Eles entraram no carro e voltaram para a rodovia. Odete comentou que tinha adorado o passeio. Albano pediu que ela baixasse o volume do rádio e se virou para falar com Brito, que ocupava o assento traseiro.

Vou ligar pro homem hoje. Quero dar um panorama pra ele.

O homem era Valdomiro Menezes.

Mais conhecido como Mirão. Um animal de grande porte.

Brito havia se encontrado com ele pela primeira vez três anos antes. Pesava mais de 150 quilos. Sujeito calmo, bonachão, quase bovino. Até que alguma coisa o tirasse do sério.

Existiam duas maneiras de lidar com ele, caso estivesse enfurecido. A primeira era fugir para bem longe, mudar de nome, de país. A segunda, com uma arma na mão. De preferência, uma bazuca.

Tinha um irmão, Abílio, seu oposto. Magro, tenso, uma pilha. Nervoso, destrambelhava de vez. Solteirão, diziam que era bicha. Uma vez espancou uma menina num hotel de Porto Velho. Brito estava junto, pensou em interferir. Mas, com Abílio, não valia a pena.

Os irmãos Menezes.

Na verdade, os dois eram terríveis quando se descontrolavam. E isso acontecia com certa facilidade.

Existira um terceiro Menezes, Nicanor, que Brito não chegou a conhecer. Já estava morto quando começou a trabalhar para Mirão e Abílio. Havia um boato, difícil de ser confirmado, de que os dois tinham tramado a morte do irmão.

No começo, os Menezes eram fazendeiros e contrabandistas. Depois, aderiram ao pó e, nos últimos anos, às armas. Um império, que comandavam de uma fazenda na região de Aripuanã.

Uma noite, Brito estava à toa numa boate de Campo Grande, Albano apareceu. Tinham trabalhado juntos na polícia, mas não se viam desde o tempo em que Brito fora expulso. Extorsão. Albano foi direto:

Quero que você conheça os caras que estão na mesa comigo.

Eram os Menezes.

Albano estacionou o carro em frente ao salão de beleza. Desceu e abriu a porta para Odete. As colegas dela interromperam o trabalho e se amontoaram para espiar pela vidraça.

Brito passou para o assento dianteiro e viu Albano se curvando para beijar a mulher. Esse tinha estômago, pensou.

Quando voltou para o carro, Albano ria.

Falei pra Odete trazer a amiga dela hoje à noite.

Não sei, não.

Albano deu um tapa no volante.

Pensa com o pau, Brito. Buceta é tudo igual.

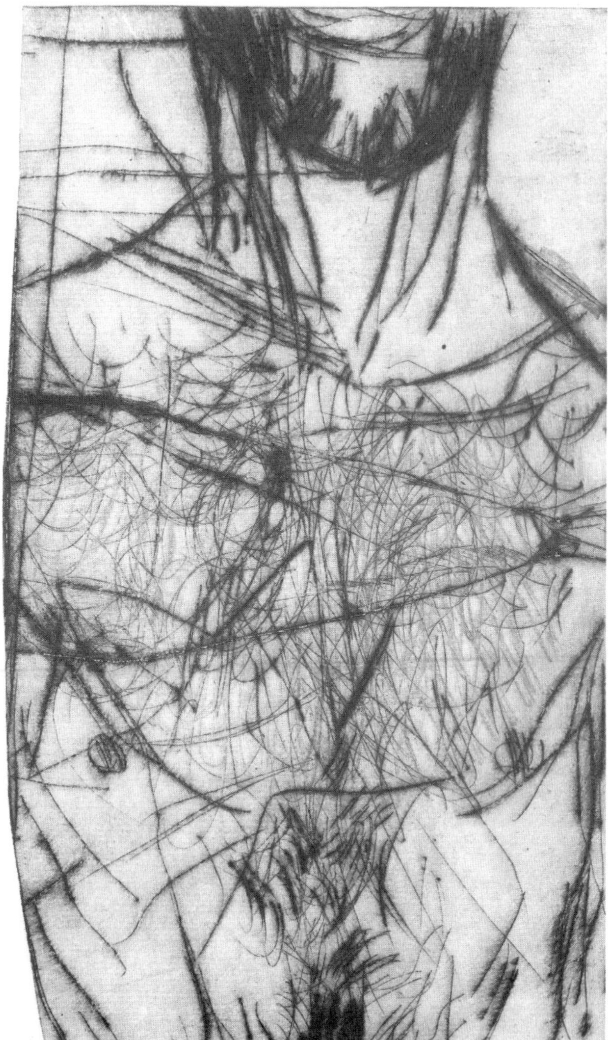

4

O piloto se chamava Dênis.

Era de Vilhena, tinha trabalhado muito tempo para garimpeiros, enquanto aguardava uma chance nas grandes companhias de aviação comercial, o que nunca aconteceu. Ele pensava nisso como um segundo fracasso: quando jovem, sonhara em jogar futebol – chegou a treinar na equipe juvenil do Sport Recife. Mas aí estourou o joelho e mudou de rota.

Ia fazer trinta anos, ganhava bem como contratado dos Menezes, mas não estava feliz. Esperava por uma grande virada, achava que a vida lhe devia alguma coisa. Suas viagens envolviam riscos, e disso ele gostava. Às vezes, porém, passava semanas confinado na fazenda, à disposição dos irmãos. Um tédio. Dênis estava precisando conhecer novos ares, novas pessoas. Novas mulheres, sobretudo.

O piloto se movia à vontade na festa que os Menezes davam para recepcionar um chefão de Cali. Festa chique – com bufê, garçons e músicos vindos de Porto Velho – e muito barulhenta. Era uma noite chuvosa, mas isso não atrapalhava: uma imensa lona azul protegia a área onde as pessoas se aglomeravam em mesas e numa pista de dança improvisada. Fazia muito calor.

As mulheres haviam caprichado nos vestidos, nos cabelos, nas jóias e na maquiagem. Boa parte dos homens usava terno. Até mesmo Mirão se apertava num paletó cinza-rato.

Ele e Abílio conversavam com o colombiano numa das mesas. O sujeito tinha a pele escura, olhos puxados e cabelos escorridos. Era imberbe. Quase um índio. Parecia inofensivo, mas sua ficha na Interpol o classificava como um assassino cruel e como um nome em ascensão no Cartel de Cali.

A loira ao seu lado atraiu os olhos do piloto. Um monumento oxigenado. Dênis ouvira falar que ela havia sido Miss Bogotá e agora fazia sucesso como cantora popular. Era impossível não olhar direto para o decote de seu vestido justo e brilhante. E estava na cara que ela ficava muito contente quando algum homem fazia isso.

Um garçom circulou por perto e o piloto serviu-se de uísque. Ele notou o grupo de homens reunidos num dos cantos, todos de paletó e gravata. A comitiva do chefão de Cali. Dênis conhecia um deles, Porfírio. Já haviam se encontrado diversas vezes em Piso Firme, um povoado no lado boliviano que funcionava como entreposto de drogas. O piloto acenou e ergueu seu copo. Porfírio fez o mesmo.

Dênis passou pela lateral da pista de dança sem olhar para nenhuma das mulheres. Bancava o difícil. Quase sempre funcionava. Entrou na casa, passou pelo tumulto de garçons na cozinha e chegou ao corredor que levava aos banheiros. Em frente ao espelho, o piloto ajeitou a gola da camisa, ajustou o nó do rabo-de-cavalo. Depois, cheirou duas carreiras e voltou para a festa.

O cantor falava de uma presença especial entre eles, e convidou a ex-miss a apresentar alguns de seus sucessos. Dênis encostou-se num dos postes que escoravam a lona e viu que a loira resistiu um pouco ao convite. Disse que não viera preparada para aquilo. Puro charme. Não demorou para levantar-se da mesa, em meio a assobios, gritos e palmas.

O piloto também aplaudiu a chance de ver aquela Madonna dos trópicos em movimento. Seu rabo era descomunal. Dênis percebeu que as mulheres olhavam para ela com um misto de ódio e inveja. E, em alguns casos, com um pouco de desejo também.

A loira conversou com os músicos e deu início ao seu show. Cantava afinado, mas o repertório era pavoroso. Ritmos caribenhos misturados com letras maliciosas. Música de corno alegre, na opinião do piloto.

Quando a cantora encerrou sua apresentação, Dênis tomava o terceiro uísque da noite. E pensava em ir embora – no dia seguinte, teria de voar com os Menezes e seu convidado e ainda não sabia o destino. Foi nesse momento que Elaine entrou na festa. E mesmo sabendo que não devia, o piloto não conseguiu desgrudar os olhos enquanto ela se encaminhava até a mesa de Mirão.

Elaine estava deslumbrante num vestido preto com alças, que deixava à mostra seus ombros bronzeados, saldo de uma recente temporada no Rio. O piloto ganhou uma olhada quando ela passou. Dênis tinha queda pelo perigo, achava que só assim as coisas valiam a pena.

Mirão apresentou-a aos convidados sorrindo de uma orelha à outra. Parecia orgulhoso de sua beleza. O colombiano curvou-se numa mesura e beijou a mão de Elaine. A loira limitou-se a brindá-la com um sorriso forçado. Examinou-a como se procurasse defeitos. E não encontrou. Depois, olhou para o próprio decote e pareceu ficar satisfeita com o que viu. Fêmeas, o piloto pensou.

Ele se deteve num lugar estratégico à beira da pista de dança, de onde podia observar as mulheres da mesa sem ser visto pelos homens. Empatou tempo tomando a quarta dose de uísque e fingindo interesse nas pessoas que dançavam. Os músicos atacavam com uma seleção de boleros clássicos.

Mirão contava piadas, provocando risadas em quem estava ao seu redor. Tinha talento para isso. Até mesmo Abílio parecia se divertir. A ex-miss dava tapas na mesa quando ria. O olhar de Dênis cruzou algumas vezes com o de Elaine, mas o piloto não se convenceu de que estava no páreo. Ele terminou sua bebida e resolveu ir embora da festa.

Chuviscava. A trilha de lajotas que conduzia aos alojamentos dos empregados se tornara escorregadia. As solas dos mocassins italianos do piloto não ajudavam nem um pouco, e ele teve de caminhar com cuidado. Os canteiros de madressilva exalavam um perfume agradável, que quase encobria o cheiro de bosta de cavalo. O estábulo não ficava muito distante dos alojamentos.

Dênis entrou em seu quarto, tirou a camisa, acendeu o abajur e deitou na cama. O barulho da festa chegava fragmentado por causa do vento.

O piloto sabia o que a visita do colombiano significava: os irmãos Menezes estavam ampliando suas rotas de distribuição e precisavam de mais pó. E isso queria dizer que ele iria viajar com mais freqüência nos próximos tempos, o que não era ruim.

Ruídos no cascalho em frente aos alojamentos. No início, Dênis pensou que fosse a chuva aumentando outra vez. Mas depois percebeu que havia alguém lá fora. O piloto se levantou e abriu a porta. E assustou Elaine. (Ou ela fingiu que se assustou.)

Cansou da festa?

Dênis viu gotas de chuva brilharem nos ombros dela.

Eu não tinha mais nada pra fazer lá, respondeu.

Ela juntou as mãos à frente do corpo.

Não gostou da loira?

O piloto pensou na ex-miss. O maior traseiro daquela festa, fácil, fácil. Nem Mirão era páreo para ela.

Ela é meio... Como vou dizer?

Óbvia.

Isso, óbvia. Mas é interessante.

Elaine sorriu e balançou o corpo, ficando mais próxima. O cheiro dela chegou até o piloto. Uma lufada de sonho.

Mais do que eu?

Dênis estendeu a mão até o ombro de Elaine, tocou uma gota de chuva. E, antes de retirar a mão, soltou uma das alças do vestido. O tecido escorregou. E o seio que ele viu era pouco maior do que uma pêra. Dênis a puxou para dentro do quarto.

No futuro, quando falasse daquela noite, o correto seria o piloto dizer que fora comido por Elaine. Porque foi assim que aconteceu.

Ele permaneceu na cama enquanto ela se vestia e ajeitava os cabelos diante do espelho do banheiro. Elaine percebeu que Dênis a observava.

Fazia tempo que estava querendo fazer isso, ela falou.

Eu também.

Foi tudo o que encontrou para dizer. Elaine terminou de se arrumar e voltou para o quarto. E sentou na cama para colocar as sandálias. Parecia estar sem um pingo de pressa.

Você não tem medo que sintam sua falta na festa?

Não vão sentir. Quando eu saí, eles tinham se trancado no escritório com o colombiano. Negócios.

Elaine beijou Dênis pela última vez e se levantou. E teria saído do quarto se ele não saltasse da cama a tempo de detê-la.

Cuidado. Deixa eu ver se não tem ninguém por aí.

Espiou por uma fresta da porta. A chuva cessara por completo. Elaine o abraçou por trás, colando seu corpo no dele.

Não se preocupe com isso. Está todo mundo vendo aquela perua loira dançar. Até as mulheres.

Dênis não conseguiu rir. Estava preocupado.

Já pensou se o Mirão sabe disso?

Elaine fez com que ele se virasse e o encarou.

Eu acho que ele não precisa saber. E você?

O vento que entrava pela fresta da porta provocou um arrepio no corpo nu do piloto.

Eu também acho.

A gente podia se encontrar fora daqui na próxima vez...

Próxima vez. Dênis disse: Tá certo.

Então Elaine saiu do quarto e voltou para a festa.

O piloto se deitou, ligou o despertador do rádio-relógio e ficou pensando. Esse era o problema de gente como ele: achar que uma coisa sempre se tornava melhor se incluísse riscos.

Dênis tentou imaginar como Mirão reagiria se fossem descobertos. Ele provavelmente ficaria puto. Muito puto. E com toda razão. Nenhum pai gostaria de saber que a filha está de caso com um piloto a serviço do tráfico.

Mesmo se esse pai fosse o próprio traficante.

5

Rosamaria não era feia.

Ao contrário: era uma mulata de porte altivo, dentes bonitos e bunda arrebitada – que Albano analisou com atenção, enquanto ela e Odete iam ao banheiro.

Viu só? Você é um cara sortudo, *Chico*.

Brito era Chico nessas horas. E Albano atendia por Mário. Eles estavam num restaurante com mesas ao ar livre, na beira do rio. Bebiam cerveja e beliscavam iscas de peixe. Havia poucos fregueses, casais em maioria. Albano e Brito podiam ver o rio, deslizando barrento e largo. Vinha gente de vários lugares do país para pescar ali.

Quer fazer uma troca e ficar com a baixinha? Essa mulata é um tesão.

Ela dá pro gasto.

Que é isso, Chico? É um mulherão. E ainda por cima tem seu próprio negócio. O que mais você quer, meu?

Rosamaria era dona de uma loja de quinquilharias na rodoviária da cidade. Brito deu um tapa no braço, esmagou um borrachudo.

Esses merdinhas vão comer a gente vivo.

Quando elas voltarem do banheiro, eu vou pedir a conta. Vamos dar um giro por aí.

De uma caminhonete cabine dupla que entrou no estacionamento do restaurante desceram três sujeitos barrigudos, peles brancas avermelhadas de sol. Escolheram uma mesa e um deles olhou para Albano e sorriu de um jeito amistoso. Pescadores. Os três vestiam bermudas – ia ser uma noite de gala para os borrachudos. Brito bebeu um gole de seu copo e fez uma careta. A cerveja tinha esquentado.

Naquela tarde, Albano havia telefonado para Mirão e explicado em que etapa o trabalho estava. Fase 1, ele disse, em código. O que significava: ainda faziam o reconhecimento do terreno. A ordem de Mirão fora clara: não precisavam ter pressa, desde que fizessem o serviço bem-feito.

Um cachorro surgiu entre as mesas, procurando restos de comida. Era um vira-lata magro, com falhas em vários pontos da pelagem. Brito olhou para Albano e viu que ele se mexeu na cadeira. Tinha pavor de cães, não importava o tamanho ou a raça. Uma fobia.

Brito pegou um pedaço de peixe do prato e assobiou para o cachorro.

Porra, você vai me sacanear?

Calma, Mário. É só um vira-lata sarnento.

O cachorro se aproximou hesitante. Seus olhos eram escuros e havia medo ali. Brito abaixou o braço, encostando o peixe em seu focinho. O vira-lata engoliu sem mastigar. Depois, sentou-se nas patas traseiras, esperando mais. Albano chiou:

Pronto, agora ele vai ficar aí. Belo serviço.

Brito jogou outro pedaço no chão, Albano acenou para um dos garçons, um gesto aflito. Estava a ponto de erguer os pés e colocá-los em cima da cadeira. O garçom veio até a mesa e, antes mesmo de ouvir o grito, o cachorro se levantou e se afastou, andando de lado, com o rabo entre as pernas.

Enquanto o garçom somava as despesas, Brito aproveitou para observar melhor aquele "assemelhado", de cabelo oleoso, rosto marcado pela acne e duas argolas de metal numa das orelhas. Suas unhas andavam precisando de corte e limpeza. Com urgência. Brito, em geral, achava os cães e os gatos, e até os ratos, mais interessantes do que as pessoas. Ele gostava de animais. Nunca se esquecera do que tinha sido obrigado a fazer numa das primeiras vezes em que ele e Albano trabalharam juntos.

O alvo era um velho e eles demoraram para encontrá-lo. Gastaram quase um mês para descobrir que o homem se refugiara na casa de praia de um amigo, na região de Bertioga.

Albano e Brito vigiaram o lugar por três dias, sem detectar nenhum movimento. O velho não saía nem aparecia ninguém para visitá-lo. As janelas permaneciam trancadas dia e noite, a casa parecia deserta. Mas eles tinham uma informação quente: o homem estava lá dentro. No quarto dia, depois que escureceu, os dois invadiram um terreno baldio e escalaram o muro nos fundos da casa.

A porta da cozinha estava aberta e as luzes acesas em todas as dependências. Albano foi o primeiro a entrar, com sua velha 45 apontada para o alto. Brito o seguiu, atento aos mínimos ruídos. Farejavam uma emboscada.

Vinha do banheiro, eles perceberam na hora. E era inconfundível. Albano fez um sinal para Brito, pedindo cobertura, e avançou. As paredes do banheiro eram rústicas, com os tijolos à mostra, como no resto da casa. A cortina do boxe afastada deixava ver uma banheira esverdeada. O velho estava lá. Pendurado numa corda de *nylon*. Fazia tempo. O cano do chuveiro tinha se envergado com seu peso.

O rosto de Albano se contraiu e ele recuou, empurrado para fora do banheiro pelo cheiro de carniça. Uma coisa insuportável. Brito prendeu o 38 no cinto, pôs um lenço sobre o nariz e permaneceu ali.

Fios brancos despontavam no queixo e nas bochechas do velho. Ele não se barbeara – ou será que a barba continuava crescendo por algum tempo depois que o sujeito morria?, Brito especulou. Diziam que com as unhas isso acontecia.

Ele ouviu o barulho de portas sendo abertas – Albano vasculhava o resto da casa. E tentou imaginar o que aquele velho teria feito para os irmãos Menezes. Os olhos esbugalhados e a ponta da língua aparecendo entre os lábios compunham no rosto do velho uma expressão de horror.

Foi nesse instante que Albano gritou. Brito saiu do banheiro e seguiu pelo corredor, em direção à sala da casa. E não conteve o riso, porque a cena era engraçada. Albano estava em pé sobre uma poltrona no canto da sala, mãos apoiadas na parede. À sua frente, acuando-o com um rosnado alarmante, havia um cachorro. Um rottweiler.

De onde surgiu esse cachorro?

Sei lá, Brito. Eu entrei aqui e ele apareceu de repente. Atira nele.

O cão percebeu a presença de Brito e observou-o por um segundo. Depois, voltou sua atenção e seus rosnados outra vez para Albano.

O que você tá esperando? Mata ele.

Brito deu um passo lateral, os rosnados aumentaram de intensidade.

Por que você mesmo não faz isso?

Albano olhou com ódio para Brito.

Se eu fizer algum movimento, ele vai me atacar. Atira, caralho. Tô mandando.

Brito não obedeceu. Ele conhecia a história: aos cinco anos, Albano fora mordido por um cachorro, que os vizinhos mataram logo em seguida. Sofreu para tomar aquelas injeções todas. Pegou fobia de cães. Brito achava aquilo uma grande frescura.

E se eu errar o tiro?

Dessa distância você não vai errar, porra.

Faz o seguinte, Albano: desce daí bem devagar, ele não vai fazer nada.

Albano encarou o rottweiler, como se esperasse uma confirmação. O cão mostrou os dentes.

Ele vai me pegar, Briiito...

Albano perdeu o equilíbrio e começou a cair da poltrona, resvalando na parede, em câmara lenta. O cachorro retesou-se nas patas traseiras. Brito pegou seu revólver. O rottweiler avançou. Ele atirou. Uma única vez.

Albano bateu com as costas no chão. O focinho do cão se deteve a dois palmos do rosto dele.

Você é um filho da puta, Brito. Quase que ele me pega.

Brito se abaixou, dando risada. E examinou o rottweiler. A bala entrara atrás da orelha esquerda, um furo pequeno, camuflado entre os pêlos negros. Demorou para sangrar. O cão estava magro, mas ainda assim era um belo animal. Lamentou tê-lo matado.

Albano se levantou, esfregava as costas. Olhou para o cachorro uma última vez, disse mais um palavrão e saiu da sala. Brito afagou a cabeça do animal e viu o videocassete na estante, ao lado da televisão. Ele estava precisando de um.

As duas mulheres surgiram na porta do banheiro. Cochichavam, como se estivessem conspirando. Albano e

Brito esperavam por elas na saída do restaurante.

Albano dirigiu devagar pelas ruas vazias. Odete mantinha uma das mãos em sua coxa. Conversavam sobre o que cada um faria se soubesse que só tinha mais um dia de vida.

Odete entraria numa igreja e rezaria por sua alma. E, em seguida, daria uma festa. Albano falou que passaria o dia numa piscina, bebendo com seus amigos. Rosamaria iria procurar as pessoas a quem tinha causado mal e pediria perdão. Albano comentou que era difícil imaginar Rosamaria fazendo mal a alguém. Ela citou uma passagem de um livro que havia lido, segundo a qual, de um jeito ou de outro, sempre acabamos fazendo mal a alguém. Albano riu e disse que, se fosse assim, ele teria de pedir que as pessoas a quem tinha feito mal se organizassem em fila.

Brito pensou um pouco. E mentiu, dizendo que não faria nada diferente de sua rotina habitual. Na verdade, lembrara de Marlene. Se só lhe restasse um dia, gostaria de passá-lo ao lado dela.

Albano entrou na rua do parque de diversões, todo apagado àquela hora. Brito pensou na cartomante e no rapaz do *trailer*. Deveria ir até lá e dar um tiro em cada um. O carro rodava a vinte por hora. Albano espiou pelo retrovisor e constatou que Brito e Rosamaria continuavam cada um no seu canto.

E agora? Vamos pro hotel?

Odete se virou no assento e olhou para a mulata.

Por que a gente não vai para a minha casa?

Albano tirou as mãos do volante, abriu os braços.

Por mim, tudo bem.

Brito e Rosamaria nada disseram.

Odete morava longe do centro, numa rua larga e arborizada. A casa era simpática, com portão e muro baixos e um jardim bem cuidado na frente. Cinco andorinhas de porcelana, em tamanho decrescente, voavam na parede perto da porta. Existia um enfeite idêntico na casa em que Brito passara a infância, e ele se sentiu bem com essa lembrança.

Rosamaria e Brito se acomodaram no sofá da sala, Albano se jogou sobre um almofadão florido. Odete ligou o som, trouxe cervejas. E, em vez de sentar-se ao lado de Albano, tirou os sapatos e começou a dançar de braços erguidos.

Ela se movia com graça, Brito reconheceu. E suas pernas eram muito bonitas. Ele olhou para Rosamaria. Ela sorriu sem mostrar os belos dentes.

Albano se levantou e juntou-se a Odete, dançando de modo desajeitado. Ela alcançou o interruptor, deixando a sala à meia-luz do abajur. E não demorou para os dois começarem a se agarrar.

Rosamaria e Brito apenas assistiam. Ele olhou outra vez para ela, que tornou a sorrir, desta vez exibindo os dentes muito brancos. Bebiam cerveja direto das latas.

Brito havia notado que as duas tinham grande resistência ao álcool. Um indício de mulheres de vida solitária.

A campainha da casa soou.

Brito se levantou do sofá na hora. Albano desvencilhou-se de Odete, mas continuou dançando, ainda em conflito com o ritmo da música.

Você está esperando alguém?

Odete fez uma careta e se dirigiu para a porta.

Aposto que é meu ex.

O homem era tão pequeno quanto ela. Barba por fazer, cabelos desarrumados, manchas de cores variadas no peito da camiseta. Ele recuou um pouco quando o rosto de Albano apareceu sobre o ombro de Odete.

Não falei? O que você quer, Joílson?

Ele olhou para Albano, baixou a cabeça.

Fala logo. É dinheiro? Eu já disse que não tenho.

Joílson falou que estava com fome. Odete cruzou os braços.

Você não vai estragar a minha noite, vai?

Albano meteu a mão no bolso, tirou uma nota da carteira e passou para Odete.

É muito dinheiro. Esse traste vai torrar tudo em cachaça.

Dá pra ele, anda.

O homem recolheu a nota, virou-se e saiu rápido, sem olhar para trás. Enquanto fechava a porta, Odete pediu desculpas.

Albano a abraçou e disse que estava tudo bem. Odete achou que iriam prosseguir com a dança, mas ele a puxou em direção ao quarto. Ela piscou para Rosamaria.

Você conhece a casa, Rosa. Fiquem à vontade.

Brito bebeu um gole demorado de cerveja. O disco chegou ao fim. Rosamaria perguntou se iriam continuar ouvindo música, ele disse que não fazia questão. Odete começou a berrar no quarto. Rosamaria riu, Brito também. Então ele se levantou e estendeu a mão para ela.

Onde é o outro quarto?

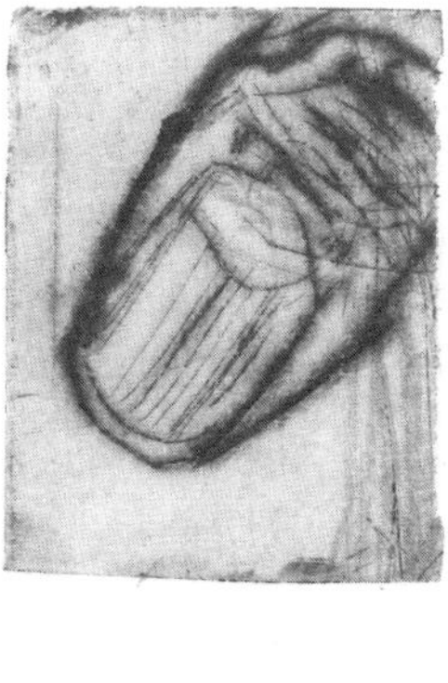

6

Como de costume, o piloto sentou-se em sua cadeira de lona, na sombra do barracão de madeira, enquanto esperava que carregassem o avião. Fazia mais de 35 graus.

Dois meninos transportavam os pacotes da caminhonete e entregavam ao homem, que os acondicionava no monomotor. Um rapaz, com o rosto cheio de espinhas, acompanhava a distância, bandoleira do fuzil atravessada no peito.

O piloto vinha se encontrando com Elaine havia quase três meses. Era a mulher mais atrevida que já conhecera. E tinha só vinte anos. Dênis estava apaixonado.

Raramente acontecia no alojamento da fazenda. Ele preferia os motéis e hotéis da região. Sabia que existia gente a serviço do pai dela espalhada em todo canto. Morria de medo de ser descoberto.

Um pássaro amarelo pousou no galho de uma árvore no fim da clareira. O rapaz pegou o fuzil e apontou. Daí fingiu que disparava, imitando o som do tiro. Os meninos gostaram da brincadeira; o homem, não. E bastou um olhar para que o rapaz pendurasse a arma no ombro e retornasse à posição anterior. Ele sorriu de um jeito tímido para o piloto. Vestia uma camisa surrada, bermuda *jeans* e estava descalço. Não devia nem saber ler, Dênis calculou.

Elaine planejava morar no Rio. Mirão era contra essa idéia. O problema é que ela dependia de mesada. Não via a hora de completar 21 anos.

A gente podia tomar uma grana dele e ir embora.

Dênis e Elaine estavam imersos na banheira da suíte de um motel na beira da rodovia. Fazia tempo já. A pele dos pés dos dois começava a enrugar. O piloto considerou a frase por um tempo. Ele sabia que, embora vivesse às turras com a filha, Mirão era louco por ela. Então balançou a cabeça.

Seu pai ia mandar alguém atrás de nós.

Elaine ignorou o comentário.

A gente usa o dinheiro para começar alguma coisa no Rio.

Nem brinque com isso. Ele manda me matar.

Ela roçou o bico do seio nas costas do piloto. Falou perto de seu ouvido.

Então ele vai ter que me matar também. Eu vou estar junto com você.

Dênis riu. Ela não conhecia direito o pai.

E não vai adiantar se esconder. Alguém acaba nos encontrando pra ele.

Elaine saiu da banheira e se enrolou numa toalha.

Ele não teria coragem de mandar me matar.

Claro que não.

Dênis também saiu da banheira e começou a se enxugar, sentindo uma leve ardência na glande. Ela era infernal na cama, tinha esfolado seu pau. E ele estava achando isso muito bom.

Sabe que eu até já pensei num plano?

Dênis curvou-se e friccionou a toalha na cabeleira. Elaine parou na porta do banheiro e continuou falando.

Podemos armar meu próprio seqüestro. Já pensou? Você acha que ele não vai pagar o resgate? Claro que vai. A gente pega a grana e cai fora.

O piloto olhou para confirmar se Elaine falava sério.

O que você acabou de dizer é uma coisa sem pé nem cabeça. Não daria certo, nunca.

Claro que daria. É só você me ajudar. Se a gente fizer tudo direitinho, não tem como dar errado.

Ele passou a toalha pelo espelho embaçado e juntou os cabelos longos, prendendo-os com um elástico.

Você anda vendo muito filme, Elaine.

Os dois meninos concluíram a transferência da carga para o monomotor e entraram na cabine da caminhonete. O rapaz do fuzil permaneceu em seu lugar. O piloto olhou para o alto: uma nuvem gorda encobriu o sol. Era provável que pegasse chuva no vôo de volta.

O homem terminou seu trabalho e se aproximou do barracão.

Trinta quilos, disse, com sotaque.

Carregava uma 7.65 enfiada no cós da calça. Nova em folha. Presente de Mirão, na época em que o traficante acompanhava pessoalmente as operações.

Embora se encontrassem com freqüência, Dênis e o homem se limitavam a conversas breves e objetivas, não tinham intimidade. O piloto se levantou, desarmou sua cadeira e disse que ia embora. O homem o seguiu até a cabine do avião. O piloto viu o clarão de um relâmpago recortar a serra à sua frente. Ia pegar chuva, com certeza.

Ao se despedir, o homem pediu que levasse uma mensagem para os Menezes: queria um aumento no preço da próxima entrega. O exército boliviano andara destruindo plantações de coca nas últimas semanas. Em breve, haveria escassez do produto no mercado.

O piloto não disse nada, mas tinha certeza de que os irmãos não iriam se importar nem um pouco. Estavam ganhando dinheiro como nunca. Três dias antes, o próprio Abílio confessara isso a ele numa conversa. Uma conversa que não saía da sua cabeça.

Ele estava no quarto, lendo o relato de uma expedição ao Ártico, quando Abílio bateu na porta. Trazia um litro de uísque.

Pensei em te convidar pra tomar um drinque.

Dênis estranhou: Abílio Menezes nunca ia até os alojamentos.

Puxou uma cadeira e pegou dois copos, enquanto o piloto tirava gelo do frigobar. Abílio examinou o ambiente e seus olhos se detiveram na cama desarrumada.

Você está confortável aqui?

Sim, tenho tudo que preciso.

Brindaram, Dênis sentou-se na beira da cama e viu o livro fechado. Isso o aborreceu. Ele não marcara a página que estava lendo.

Abílio iniciou uma conversa sobre a boa fase dos negócios, que o piloto estranhou ainda mais. Os Menezes só falavam o essencial sobre as transações. Abílio disse que estavam ganhando dinheiro que nem água.

O caso é o seguinte: nós vamos comprar mais um avião. E eu quero que você contrate um piloto.

De vez em quando, repuxava o canto dos lábios enquanto falava. Um tique. Dênis achava aquilo sinistro.

Eu posso ligar para o aeroclube, pedir uma indicação.

Abílio mexeu o gelo em seu copo.

Precisa ser alguém de confiança. Assim como você.

Vou sondar uns conhecidos e ver se alguém está interessado.

Ótimo, Abílio disse.

E brindaram mais uma vez.

A conversa entre os dois se prolongou por mais uma dose de uísque. Abílio consultou o piloto sobre modelos de aviões e sobre preços. Disse que, se as coisas continuassem naquele ritmo, em breve Dênis iria comandar uma frota. E contou que ele e Mirão estudavam uma forma de dar ao piloto uma participação nos lucros. Então sorriu.

Afinal, você vai acabar entrando para a família, não é?

Dênis gelou.

Eu sei que você está comendo a minha sobrinha.

O piloto se levantou e colocou seu copo sobre o criado-mudo. Abílio fez sinal para que continuasse sentado.

Mas não se preocupe: o Mirão não sabe.

Dênis obedeceu, tentando antever o que iria acontecer.

Ele é muito ciumento com a Elaine, é bom que você saiba. E ela tem um gênio difícil. Agora está brigando por conta dessa história de morar no Rio. O Mirão exagera. A Elaine não é mais criança, poxa.

O canto da boca de Abílio repuxou. Ele olhava direto para os olhos claros do piloto. Dênis viu que tinha de se arriscar.

O que você quer de mim?

Abílio se levantou e deixou seu copo ao lado da garrafa, em cima do frigobar.

O que eu poderia querer? Não tenho nada com a vida da minha sobrinha.

Ele se encaminhou para a porta, abriu-a e aspirou o ar da tarde. E falou sem olhar para o piloto.

Eu só queria que você soubesse que eu sei. Espero que você não se esqueça disso.

Dênis estava com dificuldades para controlar sua respiração. E sentia o princípio de uma taquicardia. Abílio se voltou. Estava sorrindo de novo.

A propósito: dê preferência para o *Night Fever*, lá na rodovia. Aquele motel é negócio nosso. Já avisei o gerente para não cobrar quando vocês aparecerem outra vez.

O piloto decolou da pista clandestina em Piso Firme. Quando o monomotor ganhou altura, ele enxergou a caminhonete se afastando do barracão. Pingos de chuva bateram nos vidros do avião. Um temporal vinha ao seu encontro.

Ali, no ar, o único lugar que parecia seguro, tentou ver sua situação sob outra perspectiva. Não conseguiu. Sabia que estava enrascado. Em breve, sua vida valeria bem menos do que um daqueles pacotes que transportava no avião.

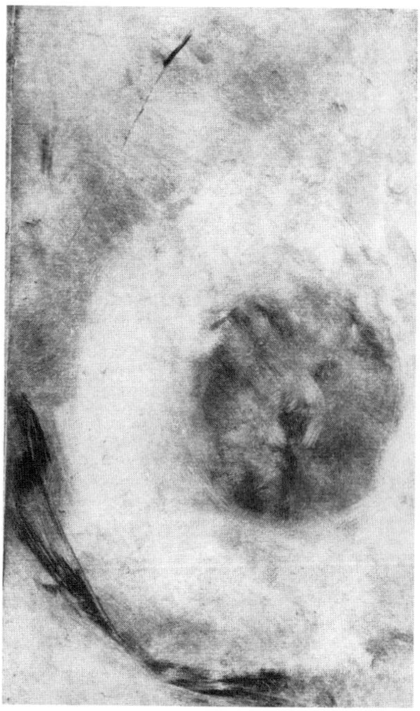

7

O grito de Rosamaria assustou Brito.

Ele saltou da cama e quase derrubou a porta ao entrar no banheiro. Ela estava encostada na parede de azulejos, cobrindo a boca com as mãos. Havia uma barata no canto do boxe.

Hotel de merda. Mas não precisa ter medo: tá morta.

Arre, que nojo.

Ele recolheu a barata, segurando suas antenas com a ponta dos dedos, e jogou-a no cesto de lixo.

Pronto. Pode tomar seu banho sossegada.

Rosamaria segurou o rosto de Brito e deu um beijo rápido em seus lábios. Ele estava só de cueca.

Não quer aproveitar e entrar também?

Agora, não. Estou vendo TV.

Rosamaria ligou o chuveiro. Antes de fechar a porta do boxe, Brito admirou seu corpo. Albano estava certo quando a cobiçara: era uma bela mulher. Desinibida e carinhosa como poucas com quem já se deitara. Ela contou que saía como destaque numa das escolas-de-samba da cidade. Ele prometeu que não perderia o Carnaval do ano seguinte.

Brito se esticou na cama e olhou para a TV suspensa num suporte perto do teto. O apresentador de um programa de auditório entrevistava um rapaz todo deformado. Meus assemelhados, Brito pensou. E escutou a baixinha rir no quarto vizinho. Ela e Albano haviam trepado pelo menos três vezes naquele domingo, a julgar pelos gritos que ele e Rosamaria ouviram. Estavam se dando bem.

Antes, na hora do almoço, os dois casais tinham passeado pelo parque de diversões. Pararam na barraca de tiro-ao-alvo e os homens erraram a maioria dos tiros (ambos reclamaram da mira torta das espingardas). As mulheres se deram melhor e saíram da barraca com um bicho de pelúcia cada uma. Eles estavam mais concentrados em outra coisa: a casa de varanda ampla do outro lado da rua.

No momento em que o portão da garagem se abriu, acionado por um mecanismo eletrônico, Brito e Albano se entreolharam. Primeiro, saiu à rua um sujeito atarracado, com um *walkie-talkie* numa das mãos. Tinha nariz de boxeador e, apesar do sol forte, vestia uma jaqueta de couro. Em seguida, um Opala preto deixou a garagem.

O homem de jaqueta acionou o portão e aguardou que se fechasse por completo. Então entrou no carro pela porta traseira. Os vidros laterais eram escuros e Albano só conseguiu ver o motorista quando o Opala dobrou a esquina. Foi um relance rápido. O suficiente, porém, para descobrir que ele estava muito diferente.

Odete deu um berro e pulou sobre Albano. Acabara de acertar o alvo, vencendo a aposta que fizera com ele, e tinha direito a um bicho de pelúcia. Rosamaria já segurava o seu. Brito acompanhou o trajeto do carro, até que ele desapareceu no fim da rua.

No caminho de volta para o hotel, Albano se distanciou dos três e ligou o celular. Disse apenas: Fase 2. E desligou.

As mulheres nada perceberam. E mesmo se tivessem ouvido, não iriam entender o recado: ele tinha feito contato visual com o alvo.

Rosamaria saiu nua do banheiro e deitou-se ao lado de Brito. Na TV, o apresentador informava o número de uma conta e pedia ajuda para custear a cirurgia de outra aberração que havia entrevistado.

Com esse calor, a gente acaba de tomar banho e já fica suada de novo.

Ele deslizou a mão pelo interior da coxa dela. A pele estava úmida e quente. Um emaranhado de fios crespos e escuros se erguia de seu púbis. Rosamaria virou-se de lado e olhou para Brito.

A Odete acha que é tudo mentira essa história de vocês serem compradores de boi.

Ele sorriu.

Ah, é?

Ela disse que vocês estão aqui por outro motivo.

Brito usou o indicador para tocar de leve os lábios dela. Rosamaria segurou sua mão e beijou seus dedos.

E que motivo é esse?

Ela ficou de joelhos na cama e puxou a cueca dele até o meio das coxas.

A Odete acha que você e o Mário são da polícia. E vieram pra cá por causa do assalto.

Que assalto?

Brito fechou os olhos. Com a mão espalmada, Rosamaria esfregava seu pau com força.

Assaltaram o Banco do Brasil na semana passada. Mataram o segurança e uma funcionária do banco.

Disso ele não sabia. Sabia apenas que não conseguiria resistir por muito tempo. Mas deixou que ela continuasse.

Vocês são da polícia?

Brito contraiu os músculos do corpo. E pensou em Marlene, um segundo antes de ejacular. Ela também achava que ele era da polícia.

O dia em que Brito e Marlene se conheceram começou no aeroporto de Congonhas, onde ele e Mirão desembarcaram logo cedo. Mirão estava em São Paulo para examinar um garanhão puro-sangue que pretendia comprar. Brito o acompanhava, na condição de motorista e guarda-costas. Eles alugaram um carro e passaram o dia num haras nos arredores da cidade. À noite, quando retornavam, Mirão falou de um endereço no centro que iriam visitar. Para relaxar, explicou.

Era um sobrado antigo, discreto, não muito longe da boca-do-lixo. Luz negra numa sala espaçosa, sofás, um pequeno bar, música suave e mulheres. De diversos tamanhos e preços.

Brito ficou na dele, bebericando junto ao balcão do bar. Mirão sentou-se num sofá e engatou numa conversa com uma ruiva modelo extra-grande. Em pouco tempo, estava colocando amendoins na boca da mulher. Brito observou sem interesse as outras garotas. Embora se esforçassem, nenhuma delas era tão *sexy* ou sedutora como pensava. E todas faziam pose de perigosas. Nenhuma era. Cada um é o que é, ele achava.

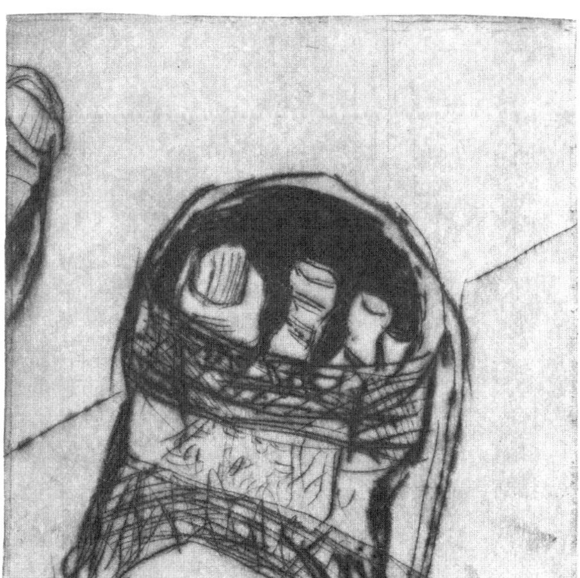

Havia mais dois homens na sala, ambos de gravata e camisas de mangas arregaçadas e fora da calça. Executivos que não queriam ser notados. Não existia nada ali naquele momento que pudesse pôr Mirão em risco. A não ser a ruiva, que tinha se ajoelhado no sofá e quase o sufocava com suas tetas.

Brito estava contente por ter passado o dia em companhia de um número maior de animais do que de assemelhados. Os cavalos eram lindos.

Então uma magrela de olho verde desceu a escada.

De cara, ele gostou do jeito de andar. Se todas as mulheres flutuassem daquele modo, Brito passaria a ter um pouco mais de apreço pela humanidade. Não usava maquiagem. Tinha mãos pequenas e seios grandes. E olhos levemente puxados – algum china havia comido uma de suas bisavós.

Os ossos apareciam, salientes, nos ombros. Usava uma gargantilha de metal e um vestido simples, e não precisava de nada mais que isso. Encostou-se ao lado de Brito no balcão e olhou para as outras mulheres como um animal olharia para um companheiro aleijado na manada. Depois, perguntou se ele topava dividir sua cerveja. Brito pediu um copo e a serviu.

Marlene. Nome-de-guerra: Bruna.

Ela e Brito tinham vários pontos de vista em comum, gostavam de coisas semelhantes e odiavam coisas parecidas. Compartilhavam o mesmo desconforto por estar no mundo.

Mirão se levantou atracado com a ruiva e subiu a escada. A mulher era enorme. Mas ia sofrer se ficasse por baixo de seu volumoso parceiro.

Marlene contou que era a dona do lugar. Fora *amiga* de um milico, já morto, que comprara a casa de presente para ela. Naquele momento estava solteira. Disse que a maioria dos homens parecia ter medo dela.

Sabe aquela pessoa que você acabou de encontrar, mas fica com a impressão de que já conhecia faz muito tempo?, Brito diria, semanas mais tarde, ao explicar a Albano por que estava se mudando para São Paulo. Marlene era assim. E raramente Brito se encontrava com gente desse tipo.

Conversaram apoiados no balcão por um longo tempo. Diversas vezes, Brito ficou tentado a perguntar se ela também fazia programa – e quanto custaria. Mas achou que não devia. Mirão podia não gostar se não o encontrasse ao voltar do quarto.

Na hora em que ele reapareceu, corado e gotejante, e avisou que iam embora, Marlene anotou um número num guardanapo de papel e entregou para Brito. Disse que, se quisesse, podia ligar quando passasse de novo pela cidade. Tinha gostado dele.

Brito telefonou. E voltou a São Paulo quatro dias depois, numa das raras vezes em que viajou sem sua arma.

Eles jantaram e em seguida foram para o apartamento em que ela morava na época, na Praça Roosevelt. Vendo Marlene mover-se pela casa, enquanto preparava um café para os dois, Brito percebeu que estava feliz. E isso era novo.

No quarto, porém, Marlene o surpreendeu.

Você acha ruim se a gente não fizer nada hoje? Podemos só ficar abraçados na cama?

Brito não gostou, mas disse que estava tudo bem. Com outra mulher, teria criado caso. Nunca com Marlene. Ele não queria estragar o encanto. Brito estava longe de ser ingênuo. Mas a verdade é que foi só nesse momento que se deu conta de que não teria de pagar por aquela noite.

Imaginou que Marlene fosse uma dessas mulheres que nunca topam ir para a cama no primeiro encontro. Uma romântica. Não era esse o motivo. Estava menstruada.

No dia seguinte, fizeram um pacto: nunca falariam do passado.

Para Brito, isso foi muito cômodo. Era fácil imaginar como tinha sido o passado de Marlene. Ao escamotear o seu, porém, evitaria falar sobre o presente. Não sabia como ela iria reagir se contasse o que fazia. Temia ser rejeitado, estava gostando dela.

Brito voltou diversas vezes a São Paulo. Até que decidiram viver juntos. E alugaram um apartamento espaçoso e de pé-direito alto na Avenida São Luís, quase na esquina com a Ipiranga. Ali conheceu o céu e o inferno.

Brito terminou de se limpar e voltou para a cama. Rosamaria se espreguiçou. Era um momento crítico. Satisfeito, Brito gostava de ficar na dele por um tempo. Preferia nem ter de falar, se fosse possível. Ela deitou a cabeça no seu ombro, aconchegou-se. Fazia o gênero pegajosa. E cheirava a suor de um jeito que Brito considerou agradável.

A Odete comentou que vocês dois andam sempre armados.

Brito coçou a virilha. O apresentador na TV distribuía dinheiro vivo ao seu auditório.

E o que tem isso?

Ora, quem usa arma é polícia. Ou então...

Ou então?

É bandido.

Brito apertou o corpo dela contra o seu.

A gente anda armado só pra se proteger.

Rosamaria gostou da resposta. E nunca teria idéia do esforço que Brito tivera de fazer para se controlar.

A mulata tinha um defeito. Falava demais. Ela e a baixinha. Apesar disso, eram interessantes, engraçadas. Brito iria lamentar se tivesse de matá-las.

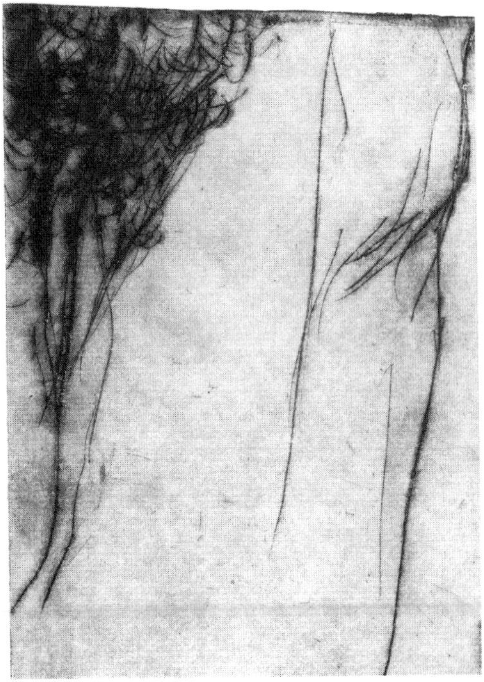

8

Provas do amor do piloto por Elaine.

Ele fazia todas as suas vontades, por mínimas que fossem.

Dênis entrou com ela numa *sex-shop* à luz do dia para comprar um par de algemas. Ajoelhou-se diante de Elaine e baixou sua calcinha no elevador de um hotel em Porto Velho – e só se deu conta de que existia uma câmera no teto quando já estava em pé, passando as costas da mão pela boca. Inverteram os papéis: ela se vestiu de homem, ele soltou os cabelos e pôs vestido e batom – e foi comido por Elaine, como sempre. Esse tipo de coisa, que, por iniciativa própria, o piloto jamais faria. Ela instigava nele um lado que Dênis desconhecia.

Ele disse a Elaine que pensava nela na terra e no ar (Dia dos Namorados, seis meses e meio juntos). Ela usava uma saia curta e pegou a mão dele para colocar entre suas pernas.

Eu penso em você com isso.

Provas do amor de Elaine por Dênis.

Numa ocasião, ela disse que faria qualquer coisa por ele. O piloto percebeu que Elaine falava sério.

Eles gostavam de uma brincadeira: se estavam num restaurante, escolhiam um casal e Elaine passava a flertar com o cara. O papel de Dênis era fingir que nada percebia. Até que o casal acabava brigando. O piloto achava engraçado que as mulheres sempre dirigissem a fúria contra seus acompanhantes, nunca contra Elaine.

Uma vez, num restaurante do *shopping*, um sujeito esperou que Dênis fosse ao banheiro, e foi atrás. Era um sessentão conservado e bem-vestido. Urinaram lado a lado, o tempo inteiro o piloto sentindo que o homem o observava. Quando lavavam as mãos, o sujeito encarou Dênis pelo espelho.

Abra os olhos com essa menina que está com você. Ela vai acabar te arrumando problema.

Flertando com o homem, Elaine chegara a passar a língua entre os lábios. E riu muito quando o piloto contou o que ouvira no banheiro.

Havia outras brincadeiras, algumas não tão inocentes.

Ela era filha única. Desistira de estudar antes de completar o colegial e vagabundeava por Porto Velho, sustentada pelo pai. Isso quando não estava viajando. A mãe aprovava esse estilo de vida.

Elaine não se dava bem com os rapazes de sua idade. Achava que eram provincianos, broncos, machistas. Aí, conheceu o piloto. E o escolheu.

Ambos sabiam que jamais teriam a aprovação de Mirão. E a clandestinidade aumentava ainda mais a voltagem erótica entre os dois. Estavam só esperando para ver o que iria acontecer. Enquanto isso, trepavam.

Uma de Elaine: no dia em que Dênis completou trinta anos, ela o levou para uma suíte do *Rondon Palace Hotel*, que alugara previamente. Quando abriu a porta, o piloto viu uma garota deitada de bruços na cama larga. Era linda e esperava por eles nua.

Várias vezes, haviam conversado sobre incluir mais uma mulher em suas transas. O dia tinha chegado.

É um presente para você, ela disse.

Uma do piloto: aguardava a hora de seu vôo em um café do aeroporto de Congonhas. Sexta à noite, um grande movimento de pessoas pelo saguão. Ele reparou na mulher que ocupou a mesinha ao lado da sua.

Era morena e charmosa, usava um conjunto de saia e casaco escuros sobre uma blusa branca. E sorriu com simpatia na hora em que o olhar de Dênis cruzou com o dela. Uma diva italiana reencarnada na pele de uma executiva de multinacional.

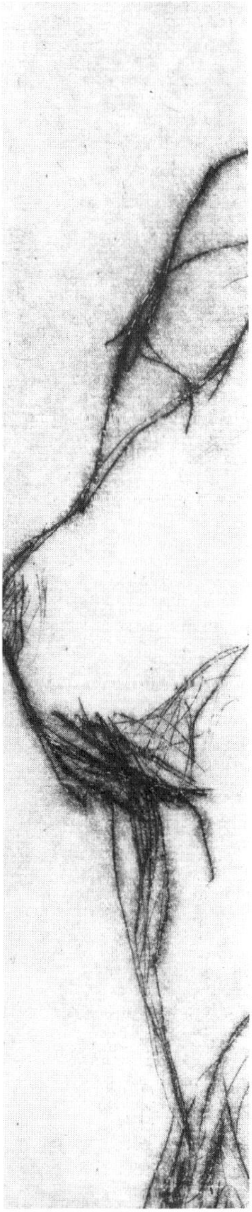

Ele apreciava mulheres agressivas – e, nesse campo, Elaine liderava o *ranking* com folga. Por isso, gostou de ver que a morena se levantava com o café e se aproximava de sua mesa.

O nome dela era Maria Sílvia, seu sotaque, carioca. O piloto reparou nas unhas bem curtas. Então ela tirou um cartão da bolsa e o deslizou sobre a mesa, na direção de Dênis.

Eu gosto das coisas bem claras desde o começo.

O piloto examinou o cartão: informava que Maria Sílvia era da Polícia Federal. Ele dobrou a ponta do cartão, bateu com ele na unha do polegar. Não tinha o que dizer.

Você sabe no que nós estamos interessados, não sabe?

Ela falou e indicou o homem encostado no balcão do café, à direita da mesa. O homem movimentou a cabeça de modo sutil, cumprimentando os dois. Dênis sorriu.

Se você não me disser, eu não tenho como saber.

Foi a vez de Maria Sílvia sorrir.

A proposta é bem simples, Dênis. Você pode nos ajudar e se ajudar ao mesmo tempo.

Não sei do que você está falando.

Sabe, sim. Se colaborar agora, eu garanto a sua imunidade. Mais tarde, quando a gente pegar os dois Menezes, não vou poder fazer nada. Você vai mofar na cadeia. Pense bem, você ainda é jovem, tem a vida pela frente.

O piloto olhou outra vez para o cartão, pensativo. A mulher se levantou.

Pense com carinho no assunto e me ligue. O telefone está aí no cartão. A qualquer hora, só não deixe ficar tarde demais.

O piloto permaneceu sentado no café depois que a mulher e seu acompanhante se afastaram, imaginando se valeria a pena comentar aquele encontro com Mirão e Abílio.

Uma de Abílio: ele estava na sauna em sua casa no momento em que o telefone tocou. Detestava ser interrompido nessas horas, mas ouviu com paciência o que o homem dizia. Em seguida, trocou de roupa e saiu.

O gerente do *Night Fever* era um sujeito meio apalermado, em quem Abílio não confiava. Mudou de idéia nessa noite. O homem entregou-lhe as identidades assim que Abílio entrou em sua sala no motel.

Veja que belo casal de pombinhos.

Elaine e Dênis.

Num dia chuvoso e de temperatura baixa, atípica para aquela época do ano, os dois entraram num motel da rodovia. Tiraram apenas os sapatos e se deitaram vestidos. E permaneceram assim por um longo tempo, em silêncio, se olhando no espelho do teto. Pela primeira vez não sentiam vontade de fazer amor. Elaine tinha acabado de contar que estava grávida.

9

A campainha, estridente e prolongada, acordou Brito. Final de tarde de domingo, quase noite. Ele havia cochilado no sofá.

Brito se encostou ao lado da porta, 38 na mão, e espiou pelo olho mágico. Viu a imagem distorcida de uma mulher com um embrulho nas mãos. Ele não esperava ninguém. Olhou de novo: a velha do apartamento vizinho.

Escondeu o revólver, fechou os botões da camisa, ajeitou os cabelos. Estava descalço. Sentiu o próprio hálito: um horror. Como era mesmo o nome dela? Ivone? Ione?

Mal abriu a porta, a velha passou o embrulho para as mãos dele. Na verdade, um pano que envolvia um gato cinza, de pêlo curto. Um filhote.

É pra dona Marlene. Prometi que assim que a gata desse cria, um filhote seria dela.

Brito ficou sem ação.

É uma fêmea, do jeito que ela queria.

A velha esticou o pescoço para olhar o interior do apartamento. Vestia um roupão de lã e chinelos. Marlene vivia dizendo que a pele da vizinha lembrava um papiro. Brito sabia que ela morava com o filho, um solteirão meio retardado.

A dona Marlene não está?

A velha não havia notado. Quase três semanas, e ela nada percebera.

A Marlene saiu.

A informação deixou a mulher desapontada. Ainda inclinou de novo o pescoço para espiar, como se desconfiasse de alguma coisa.

Bom, peça pra ela falar comigo quando chegar. Quero passar umas recomendações. Tive esses bichinhos a vida inteira.

Brito nem se tocou de agradecer. A velha olhou mais uma vez para o corredor às costas dele e depois arrastou os chinelos até a porta de seu apartamento. Ele entrou e colocou o filhote sobre o tapete da sala. O bicho começou a miar na hora. E não parou mais.

Brito teve a idéia de aquecer um pouco de leite – e chegou a abrir a geladeira. Mas fazia um bom tempo que não havia leite naquela casa. Viu só um pote de manteiga, latas de cerveja, a garrafa de água e dois tomates enrugados, que vivia esquecendo de jogar fora.

Achou um pacote de torradas no armário. Esmagou algumas num pires e derramou água morna por cima. O gato comeu com apetite. Depois, aninhou-se no trapo em que a velha o trouxera e dormiu.

Apesar de gostar de bichos, Brito sabia que aquele filhote iria lhe causar problemas. Que história poderia contar para fazer a velha aceitá-lo de volta?, ele se perguntou. Só não queria falar de Marlene.

Não queria lembrar de Marlene: nos últimos tempos, estavam transando sem nenhuma proteção. Confiança. Esse grande disfarce do amor.

Não queria pensar em Marlene: quando estava em São Paulo, Brito nunca a acompanhava até a casa de mulheres. Era o seu trabalho, ele respeitava. Preferia ficar no apartamento, vendo filmes no aparelho de vídeo que roubara de uma casa de praia.

Não queria sonhar com Marlene. Mas sonhava com freqüência, sempre o mesmo enredo. Eles se encontravam num lugar escuro, que sabiam ser perigoso, e ela pedia que ele a levasse de volta para casa. Nesse ponto, Brito acordava.

Como tinha acabado de acontecer no quarto do hotel. Ele esfregou as mãos no rosto. A lembrança nítida do sonho demorou para se dissipar.

Brito conferiu o relógio: se quisesse, ainda poderia dormir por mais uma hora. Mas sentia-se disposto, elétrico, e resolveu tomar um banho para acabar de despertar. Ele e Albano iam sair bem cedo. Era o último dia ali.

Enquanto urinava, Brito reparou no batom que Rosamaria esquecera sobre a pia. Estava chegando o momento: ele e Albano iriam desaparecer de repente. Brito tentou imaginar a reação de Rosamaria e Odete. O que as duas ficariam pensando?

(Brito e Albano não saberiam, mas na polícia, dias mais tarde, ambas negariam até o fim que conhecessem os dois homens. E falaram a verdade: não conheciam mesmo.)

Albano ainda não explicara como agiriam. Ele era assim: só revelava seu plano de ação na última hora. Sempre idéias simples, mas brilhantes e audaciosas.

Um ano antes, no interior de Goiás, os dois tocaiaram um sujeito por uma semana. Na hora da ação, Albano apareceu com macacões e capacetes. Entraram na casa disfarçados de técnicos da empresa telefônica.

Só depois que tudo acabou, Brito ficou sabendo como Albano tinha conseguido os macacões. E ficou sabendo mais: Albano havia mexido na caixa de transmissão do bairro, deixando quase todos os telefones mudos. Tanto que, na hora em que deixavam a casa, depois de terminado o serviço, um velho no sobrado vizinho acenou e disse que precisavam dar um jeito em seu telefone, que estava com algum tipo de interferência. Albano falou que iriam apanhar um equipamento, mas não demorariam para voltar. E os dois entraram no carro e se foram.

Brito pensava muito nessa história. Por causa do menino.

A mulher abriu a porta para eles sem desconfiar de nada. E já ia mostrando onde ficava o aparelho com defeito, quando o homem surgiu no corredor e reconheceu Albano. Ele correu para um dos quartos e Albano foi atrás. Brito agarrou a mulher e a trancou no banheiro. Então se juntou a Albano no quarto.

O homem estava encurralado num canto, ao lado da cama, abraçado a um menino. Era um garoto magro, raquítico quase, de cabeça grande, desproporcional ao resto do corpo. Uma criança doente. O mais curioso é que ele não parecia assustado com a arma que Albano apontava.

Manda o menino sair, Albano disse para o homem. Senão ele morre também.

O homem agarrou o menino com mais força. Tinha o rosto retorcido de pavor.

Albano gesticulou com a mão que segurava a arma. Gritou:

Sai daí, moleque.

O menino obedeceu. Livrando-se das mãos do homem, saiu rápido, passando por cima da cama. Não eram pai e filho, Brito sabia. Ele empurrou o menino para fora do quarto e também saiu, puxando a porta. Não ouviram nenhum grito. Apenas o ruído seco e abafado dos dois disparos feitos com silenciador, seguido do baque do corpo no chão. A expressão no rosto do menino não se alterou. Nem os berros da mulher, que esmurrava a porta do banheiro, provocaram nele qualquer reação. Olhava com curiosidade para o capacete amarelo na cabeça de Brito – o capacete estava colocado ao contrário.

Albano saiu do quarto e eles deixaram a casa. Brito entrou no carro, jogou o capacete no assento traseiro e começou a desabotoar o macacão. Albano arrancou.

Ele parecia excitado. Sempre ficava assim depois de executar um serviço, Brito já havia notado. Quando alcançaram a rodovia, Brito conseguiu vestir a calça e recolocar os sapatos, uma manobra complicada no espaço estreito do carro.

Albano dirigia olhando fixo para a estrada à sua frente. Ainda não se livrara do macacão nem do capacete. Brito estava se perguntando se ele teria atirado no menino. Achou que não.

Brito terminou o banho, enxugou-se, penteou os cabelos e se vestiu. Depois, deu uma geral no quarto, conferindo se não estava esquecendo nada. Não gostava de deixar rastros. Por isso, o batom de Rosamaria foi jogado dentro da mala, antes que ele fechasse o zíper.

Em breve, estaria de volta ao apartamento em São Paulo. Ao apartamento vazio. Fizera algumas tentativas de arrumar outra mulher fixa. Não deram certo. Uma dessas mulheres, praticamente tivera de expulsar do apartamento. Uma doida, que tomava drogas e costumava andar pelada pela casa. Brito sacudiu a cabeça, afastando a lembrança.

Pegou o 38 sobre o criado-mudo, examinou-o. E pensou em Lucas Cerqueira. Com ele e Albano ia ser bem diferente.

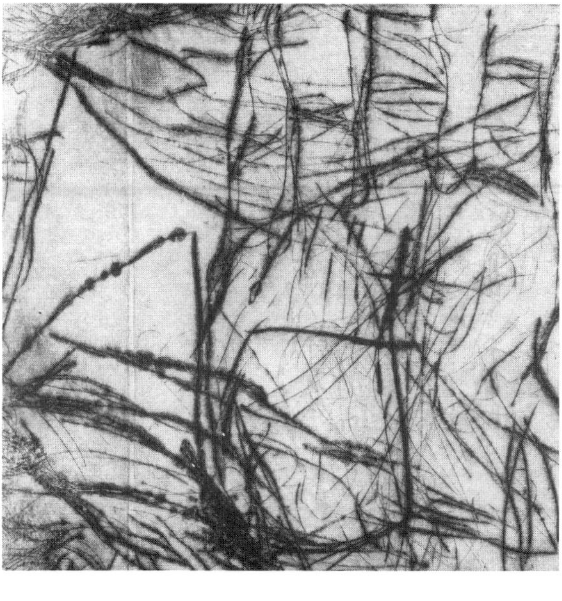

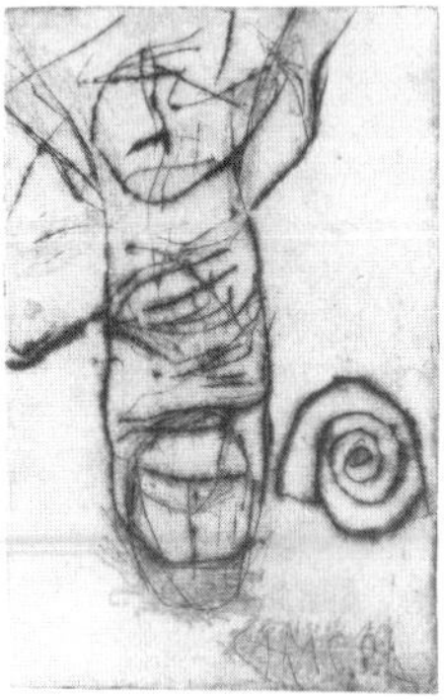

10

Como de costume, o piloto sentou em sua cadeira de lona, na sombra do barracão de madeira, enquanto esperava que carregassem o avião.

Agosto. A nuvem de fumaça das queimadas escondia o céu, um cheiro ardido chegava até ele. Era um perigo voar naquela época do ano. Um daqueles montes, bonitos a distância, podia surgir na frente do avião, de repente. Não dava mais tempo de fazer nada. Vôos cegos.

Os dois meninos transportavam os pacotes da caminhonete e entregavam ao homem, que os acondicionava no monomotor. Havia uma espécie de tensão entre os meninos, como se tivessem brigado antes. O rapaz do fuzil acompanhava o trabalho, sem muito interesse. Tinha raspado a cabeça.

A vida do piloto chegara a uma encruzilhada. Elaine carregava seu filho na barriga. Em pouco tempo isso seria visível. Dênis se preparava para dar uma virada. Uma das grandes. Não tinha planejado nada daquilo. Acontecera. Simples.

Os dois meninos concluíram a transferência da carga para o monomotor. Um deles fez uma brincadeira, o outro respondeu de modo rabugento e entrou na cabine da caminhonete. O rapaz do fuzil permaneceu em seu lugar. Bocejava. O piloto olhou para o alto: fiapos pretos da queimada se agitavam no vento, sujando tudo. O céu estava branco, não se enxergava quase nada ao redor.

O homem também terminou seu trabalho e se aproximou do barracão. A 7.65 presa na cintura.

Cuarenta y dos, disse.

E ficou de cócoras ao lado do piloto, com as costas apoiadas na parede de madeira. Dênis olhou para o homem: era baixo e encorpado, como a maioria dos bolivianos que conhecia, e tinha olhos desconfiados. O piloto se levantou, desarmou sua cadeira e disse que ia embora.

O homem se ergueu e comentou que Dênis teria problemas por causa da fumaça. O piloto concordou, mas estava pensando em problemas bem piores do que a fumaça das queimadas.

E se não desse certo?

Dênis perguntou quanto o boliviano queria pela 7.65. O homem disse que não estava pensando em se desfazer da arma, fora um presente. O piloto insistiu, chutou alto. O boliviano se despediu da 7.65 com um sorriso triste. Dênis pegou a carteira no bolso de trás da calça e pagou em dólares. O homem pediu que ele esperasse um pouco. Foi até a caminhonete e voltou com um pente extra de balas.

O piloto caminhou para o avião. Não sabia o que

iria acontecer. Se alguma coisa desse errado, ao menos estaria com aquela 7.65 na mão.

Mas não ia dar errado.

Três dias antes, Abílio reaparecera em seu alojamento. Tinha acabado de tomar banho e recendia a loção pós-barba. Disse que queria tomar um drinque com Dênis.

Nem chegaram a conversar muito e Abílio se levantou da cadeira e sentou-se ao lado do piloto na cama. Dênis entendeu na hora.

Você tem olhos bonitos.

Abílio passou os dedos no rosto do piloto, que se levantou, derramando uísque no chão. Dênis ia falar, embora não soubesse o que dizer, mas Abílio se aproximou e colocou o indicador sobre seus lábios.

Pssttt... Relaxa. Você está muito tenso.

Abílio pôs outra vez a mão em seu rosto. E beijou seus lábios. Um beijo rápido, que encheu Dênis de asco. Abílio sorriu, o canto de sua boca repuxou.

Assim não tem graça. Você está duro como uma estátua. Menos onde interessa.

E apalpou o piloto entre as virilhas.

Abílio bebeu um gole e se afastou para colocar seu copo sobre o frigobar. Então encarou Dênis, que permanecia no mesmo lugar. Paralisado.

Por que só a minha sobrinha tem o direito de se divertir com você?

Dênis nada disse.

Pense nela. Da próxima vez que eu vier até aqui, espero que você seja mais compreensivo.

Abílio saiu. O piloto precisou de uma hora e meia garrafa de uísque para colocar os nervos no lugar.

Quando se encontrou com Elaine, na tarde seguinte, foi direto ao ponto.

Nós vamos embora daqui.

Estavam num motel. Ela começou a tirar a roupa, ficou de calcinha e sutiã. A barriga ainda não aparecia, mas Dênis sabia que não ia demorar para isso acontecer.

Você vai me seqüestrar?

Esqueça essa história de seqüestro. A idéia é outra.

Pelo olhar do piloto, Elaine percebeu que era pra valer.

E pra onde nós vamos? Pro Rio?

Não, pra fora do país.

Com que dinheiro?

O piloto explicou seu plano, Elaine achou arriscado. Dênis estranhou: logo ela, que sempre fora mais ousada. Teve medo de que a maternidade estivesse começando a modificá-la.

Então ele contou que Abílio sabia sobre os dois. E falou da visita ao alojamento no dia anterior. Elaine concordou que não havia outra saída.

O piloto decolou da pista clandestina em Piso Firme. Quando o monomotor ganhou altura, ele não conseguiu enxergar o barracão ou a caminhonete. Entrara numa imensa nuvem de fumaça. Subiu um pouco mais, até que pôde ver a linha de montanhas, que se erguiam à sua esquerda.

Ele dera a partida em seu plano. Era tudo ou nada. Sentia-se eufórico, ligado. Ou talvez fosse apenas a excitação do medo.

Uma outra nuvem de fumaça surgiu. O monomotor sumiu dentro dela.

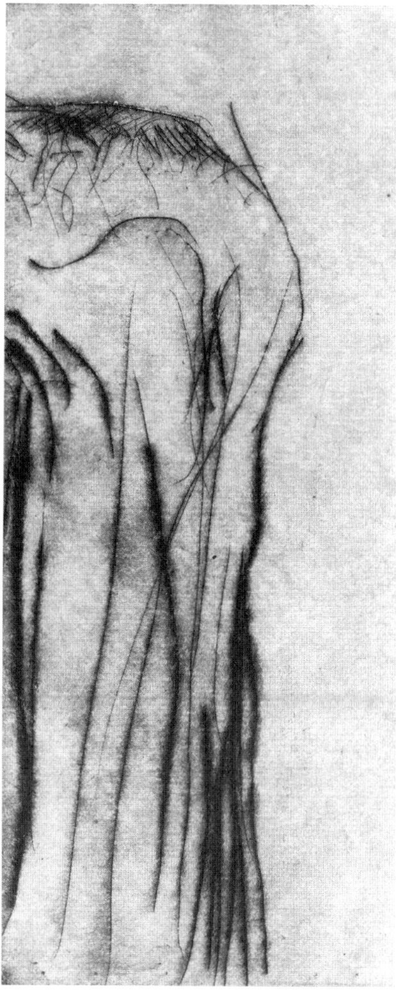

11

E freira?

Albano refletiu por um instante. Ele havia falado que existiam duas espécies que não aceitava matar: padres e mulheres grávidas. Daí, riu.

Diacho, Brito, por que alguém ia querer matar uma freira?

Sei lá. Você faria?

Acho que não.

Do carro, parado numa encosta na beira da rodovia, os dois podiam acompanhar os rasantes do avião, que deixavam um rastro esbranquiçado de pesticida no ar da manhã. Eles estavam a favor do vento.

Brito lembrou que Mirão nunca falava em *matar*. Preferia pedir que você *cuidasse* de uma pessoa. Ou que *desse um jeito* em alguém. Sutilezas de um homem que até o tamanho impedia de ser sutil. Na boate em Campo Grande, quando se conheceram, Brito demorou um pouco para compreender o que ele estava pedindo.

Albano o levou até a mesa e o apresentou aos irmãos Menezes. Mirão mandou que o garçom abrisse outra garrafa de uísque. Beberam, conversaram sobre a vida, contaram piadas. Brito notou que Mirão dava as cartas. Abílio pouco falava, permanecendo a maior parte do tempo fechado num silêncio cinzento e hostil. Tinha um tique esquisito na boca e dava para ver que era tão esquentado quanto o irmão.

Duas mulheres rodearam a mesa. Abílio fez sinal para uma delas, que se aproximou sorrindo.

Se eu quiser que vocês venham até a mesa, mando chamar, tá certo? Agora, cai fora.

Mirão aproveitou a pausa e abriu um novo assunto.

Tem um radialista no Paraná que está incomodando um amigo nosso. O Albano disse que talvez você possa ir até lá para cuidar disso.

Brito olhou para Albano. Fazia muito tempo que não se viam, não sabia no que ele andava trabalhando. E pensou em perguntar o que teria exatamente de fazer. Mirão escreveu alguns números num papel e passou para Brito.

É quanto esse trabalho vale. Você acha que é capaz de cuidar dele pra nós?

Vivendo de bicos como estava, Brito calculou que precisaria de pelo menos dois anos para juntar aquela quantia. E entendeu na hora o que esperavam dele. Depois de expulso da polícia, nunca mais tivera um trabalho fixo. Vivia como dava.

Mirão colocou mais uísque nos copos.

É um trabalho como outro qualquer. Você vai ver, Brito, dá até um certo prazer.

O monomotor completou a pulverização e o piloto manobrou em direção ao campo de pouso, desaparecendo do ângulo de visão dos dois. Albano ligou o carro.

Criança também é complicado, Brito disse.

Me lembro de um caso assim, logo que comecei a trabalhar para os Menezes. Um menino, acho que ele tinha uns dez ou doze anos. Eu nem quis saber dos detalhes. Não topei e ponto final.

Quem fez o serviço?

Lucas Cerqueira.

Albano estava falando de uma lenda do mundo da pistolagem. Lucas era um alagoano que trabalhava de forma independente, um especialista em casos difíceis. Nunca recusava encomendas – tinha em seu currículo dois vereadores e pelo menos um prefeito e um juiz. Sempre agia sozinho e cobrava caro por seus serviços.

Antes de chegar à cidade, Albano entrou num posto de gasolina e pediu que o frentista completasse o tanque e verificasse o óleo do carro. Ele e Brito desceram e sentaram perto da borracharia do posto. E esperaram. Albano começou a brincar com o isqueiro. Acendia e apagava.

Porra, Albano, pára com isso. Aqui é perigoso.

Albano riu e, por um segundo ou dois, Brito teve a impressão de que seus olhos ficaram vidrados. Um transe. Como se estivesse sonhando de olhos abertos com o posto de gasolina envolto em chamas. Ele voltou à terra de repente e guardou o isqueiro no bolso. Brito se levantou, irritado. Na casa de praia onde encontraram o velho suicida, tivera de entrar em luta com Albano para impedir que pusesse fogo nas cortinas.

Você já pensou em instalar uma lareira na sua casa?

Albano considerou a pergunta por um momento. Vivia se mudando – trocava de mulher com freqüência, ao contrário de Brito –, mas nunca havia morado numa casa com lareira.

Albano riu. Nos últimos dias, Brito andava mais mal-humorado do que de costume, ele notara.

Como é que a sua mulher te agüenta, Brito? Me diz.

Brito se voltou e olhou para ele. Não tinha comentado nada sobre Marlene, mas Albano parecia desconfiado. Era mais esperto que a velha do apartamento vizinho. A toupeira. Ele ainda sentia raiva dela: passara uma noite acordado por causa do gato.

O filhote miou com insistência depois que acordou de seu cochilo. Continuava bem-alimentado, pois não se interessou pela nova porção de torradas úmidas oferecida por Brito. Miava apenas. Sentindo a falta da mãe.

Chegou a levá-lo para a cama e a colocá-lo sob as cobertas. Não adiantou: o gato continuou miando. E pior: urinou duas vezes no lençol. Brito olhou para a janela do quarto e brincou com a idéia – eram nove andares até a rua. Mas ele sabia que não seria capaz de fazer aquilo.

De manhã, apertou a campainha do apartamento vizinho. O debilóide atendeu. Tinha um sério déficit de fala e Brito não compreendeu sequer o cumprimento que ele balbuciou. A velha surgiu atrás. Brito entregou-lhe o gato.

Olha, dona Ivone, eu e a...

Ione.

Como?

Meu nome é Ione.

Brito se incomodou com o princípio de sorriso que surgiu nos lábios do rapaz encostado no batente da porta.

Tá certo. Dona Ione. O caso é o seguinte: eu e a Marlene estamos saindo de viagem e vamos ficar fora muito tempo. Ela mandou agradecer, mas não vai poder ficar com o gato.

As rugas da testa da mulher se franziram ainda mais.

Aconteceu alguma coisa? A dona Marlene está bem?

Brito suspirou.

Está, ela está ótima.

Ah, que bom. Eu estava preocupada. Agora há pouco eu encontrei a dona Marlene na porta do prédio e achei que estava muito abatida...

Brito viu que o sorriso tinha se congelado nos lábios do rapaz. A velha era tão maluca quanto o filho, ele constatou. Como era possível que tivesse se encontrado com Marlene na porta do prédio? Delírio. Ele sabia que Marlene jamais voltaria ali.

...e uma viagem agora vai fazer muito bem. Ela passa muito tempo trancada dentro de casa e...

Brito a interrompeu, dizendo que estava com pressa, e se afastou pelo corredor, deixando o rapaz com seu sorriso idiota nos lábios e a velha com o gato nas mãos.

O frentista do posto balançou as chaves do carro, o serviço estava pronto.

A Marlene deve ter muita paciência, Albano disse. Como é que ela está?

Brito percebeu que Albano estudava com atenção suas reações. Ligadíssimo.

Vai bem.

Bom, muito bom. Diga que eu mandei lembranças.

Albano tirou a carteira do bolso e caminhou na direção das bombas de gasolina. Ele e Marlene haviam se encontrado uma única vez, em São Paulo. Albano passou no apartamento para apanhar Brito – os dois tinham um serviço em Campinas – e ela o conheceu. Almoçaram juntos. Mais tarde, na estrada, Albano comentou que Marlene era muito bonita e perguntou o que ela fazia. Brito disse que Marlene era empresária.

Que bacana. Tenho até inveja de você, Brito. Eu não consigo ficar muito tempo com a mesma mulher.

Por quê?

Ah, não sei. Acho que mulher desconcentra a gente. Eu não fico sem, mas acabo cansando rápido.

Albano afastou o carro da frente das bombas e estacionou-o num espaço livre do posto. Depois, voltou para junto de Brito.

Sabe o que a sua mulata disse pra Odete? Que você é o melhor cara com quem ela já trepou. Ela tá louquinha por você, Brito. Mandou a Odete especular comigo se você tem algum galho fixo. Eu disse que não sabia. Fiz bem?

Brito não escondeu o jogo com Rosamaria. Disse que estava chegando a hora de ir embora e que não voltaria tão cedo àquela cidade. Ela estranhou e contou que, de acordo com Odete, Mário havia prometido voltar logo. Brito disse que isso era um problema dele e de Odete. E que só podia falar por si. Rosamaria comentou que a honestidade de Brito fazia com que ela gostasse ainda mais dele.

Vou falar uma coisa, Brito: se ficasse mais tempo aqui, ia dar um jeito de comer essa mulata. Você não se incomodaria, não é?

Brito balançou a cabeça.

Albano interrompeu a risada na metade e indicou a rua. Os dois viram quando o Opala passou, entrando na cidade à frente de uma nuvem de poeira vermelha.

Vai ser hoje, Brito.

E qual é o plano?

12

O jato bateu na parede.

Ai, puta.

Ela se afastou com as mãos levantadas e os olhos arregalados. Viu que o homem curvava o corpo para frente. E que havia dor em seu rosto.

O homem era um especialista em encontrar pessoas que, por um motivo ou por outro, não desejavam ser encontradas. E era bom nisso. O piloto tinha cortado os cabelos bem curtos e deixado a barba. E só andava de óculos escuros. Tudo inútil. O homem o encontrara.

Dênis conhecia sua fama. Contavam que, numa ocasião, havia ficado quase dois anos atrás de um sujeito que dera um desfalque no sócio. E só sossegou quando conseguiu encontrá-lo. Funcionava assim: se alguém aprontava uma trapalhada que valesse a pena, mandavam chamá-lo. Ele vinha e resolvia. Daí a fama.

Dênis podia ser considerado uma trapalhada das grandes. Tinha roubado um avião carregado com 42 quilos de cocaína pura. Não gastara muito tempo para preparar o lance e fazer os contatos. Num dia enfumaçado, decolou de Piso Firme e, desviando a rota, pousou na pista clandestina de uma fazenda no Paraguai. Os caras compraram até o monomotor.

Estava na cara que iam chamar alguém como Lucas Cerqueira.

O piloto não sabia como era seu rosto. Mas, ao vê-lo, compreendeu na hora de quem se tratava. Compreendeu também que, para ele, estava tudo acabado.

Enquanto esperava no hotel, Dênis passava a maior parte do tempo esticado na cama, impaciente. Na televisão, só desenho animado e aula de ginástica para donas-de-casa acima do peso. Não via a hora de cair fora daquela espelunca empoeirada. Ele odiava o Paraguai. E não confiava nos paraguaios.

Então bateram na porta. E uma voz feminina anunciou que precisava limpar o quarto.

O piloto pensou na maldita mulher que, na tarde anterior, interrompera sua soneca. Ele ocultou a 7.65 sob o travesseiro e abriu a porta, pronto para mandar a arrumadeira à merda de novo. E deu de cara com Lucas.

Era mais baixo do que Dênis imaginava. Forte, atento. Um rosto de traços toscos e olhar duro. A idade, indefinida: alguma coisa entre os quarenta e os cinqüenta anos, mais para os cinqüenta. O cabelo, bem cortado, estava ficando grisalho.

Lucas cutucou a barriga do piloto com o cano da arma.

Pensou que ia escapar?

Dênis pôde ver a arrumadeira olhando para trás, enquanto se afastava pelo corredor. Parecia muito satisfeita.

Lucas o empurrou para dentro do quarto, fechou a porta e estendeu as algemas.

Coloque isso, por favor. Com as mãos para trás.

E só então revistou o piloto. Depois, pediu que ele se sentasse no chão, encostado na parede. Voz calma, gestos educados.

Lucas vasculhou o guarda-roupa, abriu a mala de Dênis e revirou as roupas, espalhando calças, camisas, cuecas e meias pelo quarto. O piloto calculava se teria alguma chance de alcançar a 7.65 escondida sob o travesseiro, mas sua posição era péssima para qualquer movimento. Lucas pegou a carteira sobre o criado mudo, examinou os documentos e contou o dinheiro. Depois, deu uma rápida espiada no banheiro.

Pra onde você estava pensando em se mandar? Miami?

Dênis disse que ainda não havia decidido. Era mentira.

Miami é bom, Lucas sentou-se na cama e ligou o celular. Me falaram que a gente nem precisa saber inglês pra se virar por lá. Será que é verdade?

As algemas estavam cortando os pulsos do piloto. Com esforço, ele deslizou um pouco o corpo, aliviando a pressão sobre os braços. Lucas foi breve ao telefone, mais ouviu do que falou. Quando desligou o celular, olhou para Dênis:

O Mirão tá vindo pra cá. Pessoalmente.

Dênis recebeu a informação com um calafrio. Viu

que Lucas colocava um travesseiro sobre o outro para recostar-se. Ia acabar descobrindo a 7.65. A vontade de urinar que o piloto sentia pareceu piorar.

Lucas aumentou o volume da televisão. A apresentadora de um programa infantil cantava e dançava ao lado de crianças fantasiadas de bichos. Estava com uma minissaia de arrasar.

Tô precisando mijar.

Lucas Cerqueira deu risada.

Problema seu.

É sério.

Que se foda, pô.

A câmera focalizava a apresentadora em *close*. Lucas se impacientou, queria ver as pernas dela.

Como é que você me achou?

Lucas suspirou. Bem na hora em que as pernas da loirinha apareciam. Falou, sem olhar para o piloto:

Em que bosta de lugar você veio se esconder, hein? Sei até onde está o avião. O pó já era. A essa hora já tem gente cheirando ele no mercado. Só não achei o dinheiro.

Dênis se mexeu. O metal das algemas continuava comendo a pele de seus pulsos.

Tá bem escondido, disse.

Lucas o encarou com um sorriso que não mostrava os dentes. O piloto também sorriu.

É bastante dinheiro.

Não me interessa, Lucas disse.

E voltou sua atenção para a TV. A câmera se movia em ângulos perigosos em volta da loira, por pouco não aparecia a calcinha. Dênis encolheu as pernas. Ia urinar a qualquer momento.

Pense bem: é grana que não acaba mais.

Comerciais interromperam o programa. Lucas se irritou. Dênis continuou falando.

Se a gente fizer um acordo, você pode ficar com tudo.

Me faz um favor: cala a boca.

Só tô pedindo pra você pensar no assunto...

Faz o seguinte: quando o Mirão chegar, você conta pra ele onde escondeu o dinheiro, combinado?

Não quer nem saber quanto é a bolada?

Lucas alcançou a lista telefônica sobre o criado-mudo e arrancou algumas páginas. Amassou-as.

Nunca gostei de pilotos. É uma raça filha da puta.

É dinheiro pra cara...

Dênis não chegou a completar a frase: com a mão direita, Lucas apertou sua garganta. E com a esquerda, espremeu a bola de papel em sua boca.

Me desculpe. Mas eu tô querendo ver o programa e você está atrapalhando.

Lucas voltou a recostar-se nos travesseiros. Dênis sentiu o líquido morno encharcando suas coxas. Tinha liberado a bexiga no momento em que sua garganta foi apertada. Lucas nem notou. O piloto pensou em Elaine. O que iria acontecer com ela?

Elaine saiu da rodoviária e atravessou a rua de terra batida. Rodoviária era modo de dizer: um guichê de passagens minúsculo no interior de um bar de paredes engorduradas. Meninos com caixas de engraxate e meninas com tabuleiros de balas e chocolates assediavam quem descia do ônibus. Os homens que faziam hora na porta do bar-rodoviária resmungaram comentários maliciosos na hora em que ela passou. Elaine estava de óculos escuros e lenço na cabeça.

Do outro lado da rua, ela olhou para trás, para certificar-se de que não era seguida, e entrou numa loja que parecia vender um pouco de tudo. Quase 24 horas antes, Elaine havia deixado o carro num estacionamento de longa permanência em Campo Grande. E precisara de dois ônibus para chegar até ali. Um pesadelo de viagem. Ela ainda não se acalmara por completo.

Uma mulher gorda amamentava uma criança atrás do balcão e fez menção de levantar-se quando Elaine entrou. Ela gesticulou para que a mulher continuasse o que estava fazendo, disse que só queria olhar as coisas da loja. Ocorrera uma idéia a Elaine que talvez servisse para acalmá-la. Mais uma de suas brincadeiras. Seu lado lúdico.

Para percorrer o último trecho de sua viagem, fizera uma baldeação em Jardim, no começo da noite anterior. Ao seu lado no ônibus sentou-se um homem malencarado, que fedia a suor azedo. De imediato, ele a olhou com cobiça. Elaine pressentiu problemas.

O homem puxou conversa, fez muitas perguntas. Várias vezes, enquanto falava, tocou a perna de Elaine. Ela achou que ele estava armando o bote. Então, na primeira parada que o ônibus fez, desceu e entrou na lojinha de bugigangas do posto. Comprou um estilete de abrir correspondências. Um que tinha uma figa na ponta. Elaine considerou um bom sinal. Precisava de sorte.

De volta ao ônibus, reclinou seu banco e avisou que iria dormir. O homem disse que era uma ótima idéia e virou-se de lado. Elaine relaxou – e quase dormia quando sentiu a mão deslizar por seus seios.

Foi um golpe seco. De cima para baixo. O estilete penetrou bastante na coxa do homem, antes que ela o puxasse de volta. O homem urrou.

Sua vaca.

No momento em que o motorista parou o ônibus e acendeu as luzes, o homem estava em pé no corredor, com a mão sobre o ferimento. O sangue começava a manchar a calça.

Depois de muita discussão, a viagem prosseguiu, deixando a pé um homem mal-encarado e manco. Mas isso não foi suficiente para que Elaine se acalmasse.

Lucas Cerqueira estava assistindo a um desenho animado quando bateram na porta do quarto. Ele se levantou com o revólver na mão e olhou para o piloto.

Você está esperando alguém?

Dênis balançou a cabeça. Estar sentado sobre uma poça de urina era apenas uma das coisas que o incomodavam naquele instante. Seus pulsos doíam. Sua mandíbula e sua língua também – ele a usava para tentar livrar-se da bola de papel que quase o sufocava.

Lucas encostou-se ao lado da porta. Tinha o revólver engatilhado.

Quem é?

Gladys.

Voz insinuante, Lucas considerou. E piscou para o piloto antes de abrir a porta.

Mesmo sem os saltos, Gladys já seria mais alta do que ele. Era jovem e, apesar da maquiagem e do batom borrados, muito bonita. Falsa loira, dava para ver pelo decote que quase não tinha seios. A puta mais bonita que Lucas havia visto. E também a que usava o perfume mais adocicado. Ele a deixou entrar e fechou a porta. Estava sorrindo quando falou com o piloto.

Quer dizer que você ia fazer uma festa aqui e não me contou nada?

Lucas segurou a mão de Gladys e fez com que ela desse uma volta. Gostou muito de suas pernas. Em pouco tempo, o perfume dela tomou conta do ambiente. Ele começou a desabotoar a calça.

Você vai me atender primeiro, não vai?

Ela olhou para o piloto, Lucas pegou em seu braço.

Tem algum problema se tiver platéia?

Os olhos de Gladys brilharam, ela passou a língua pelos lábios. Lucas calculou que ela estava drogada.

Não. Eu fico com mais tesão.

Lucas adorou ouvir aquilo. Gladys se ajoelhou e ele tirou o pinto semiflácido para fora. Ela começou a massageá-lo e, quando usou os lábios, Lucas fechou os olhos e se encostou na parede. Gladys era boa naquilo, muito boa. E não demorou para que ele franzisse o rosto e trincasse os dentes. A onda vinha chegando.

Gladys diminuiu o ritmo, o que fez com que Lucas se contorcesse de prazer. Ela era experiente, Lucas pensou, sabia das coisas.

De repente, Gladys parou. O prazer trocou de lugar com a raiva. Ele abriu os olhos, viu que ela mexia na bolsa ao seu lado.

Vou pôr a camisinha.

Lucas estremeceu.

Puta que pariu, não pára agora.

Ele a agarrou pelos cabelos e a puxou de volta. Mas trouxe apenas a peruca loira nas mãos e bateu com as costas na parede. Desequilibrado, não chegou a compreender direito o que aconteceu. O estilete entrou ao lado da clavícula, na base de seu pescoço. Um golpe profundo.

O jato bateu na parede. Ele gemeu duas palavras.

Ai, puta.

Ela se afastou com as mãos levantadas e os olhos arregalados. Viu que o homem curvava o corpo para a frente. E que havia dor em seu rosto.

Lucas Cerqueira tombou para a frente e seu corpo bateu contra o chão.

Ela gritou e percebeu o sangue em sua mão e limpou-a no vestido. O piloto rastejou sobre a urina. E na hora em que ela se agachou, ele murmurou com dificuldade o nome dela, o nome verdadeiro, e os dois começaram a soluçar. Dênis ainda tinha boa parte do papel na boca.

Elaine livrou-o das algemas, ele se levantou cuspindo papel e esfregando os pulsos, e a abraçou. E observou o corpo caído de bruços sobre uma poça de sangue, que aos poucos ia aumentando.

Precisamos sair daqui já. Seu pai está vindo para cá.

O que a gente vai fazer?

Dênis olhou para Elaine: estava perfeita em sua fantasia de puta decadente, mesmo sem a peruca loira.

Ele não vai descansar enquanto não me matar.

O piloto indicou o cadáver no chão. Lucas havia morrido de olhos abertos. E era como se houvesse um pouco de surpresa em seu rosto. Um pouco de surpresa e um pouco de dor.

Fodido, fodido e meio, Dênis disse. Vou contra-atacar.

Eles saíram apressados do hotel – não ia demorar para que descobrissem o cadáver no quarto. O piloto confiscara os documentos de Lucas, para retardar sua identificação. Ele e Elaine precisavam de tempo. Os dois entraram numa loja no fim da quadra, a mesma em que Elaine comprara o vestido e a peruca havia menos de meia hora. A gorda a reconheceu e sorriu para ela. A criança dormia num carrinho junto ao balcão.

O piloto pediu a bolsa que deixara com a mulher dois dias antes. Ela afastou as cortinas de tirinhas e sumiu no outro cômodo. Retornou com uma bolsa de lona, pesada, e a entregou a Dênis. Ele pagou e depois arrastou Elaine pela rua de terra, em direção ao bar-rodoviária. Ela continuava vestida de puta e tinha dificuldades com os saltos dos sapatos. O piloto sabia que chamavam a atenção, mas não tinha tempo para pensar em algo diferente.

Nenhum dos taxistas aceitou levá-los: os táxis não podiam cruzar a fronteira, problemas com a documentação. Dênis só não entrou em pânico porque viu, a menos de cinqüenta metros dali, os carros estacionados atrás do alambrado de uma concessionária, todos com o preço rabiscado em branco no pára-brisa.

O piloto escolheu um Maverick vermelho, com ferrugem em vários pontos da lataria mas documentos em ordem, e pagou em dinheiro. O homem da concessionária garantiu que o carro tinha motor no mínimo para mais cinqüenta mil quilômetros.

Dênis e Elaine pegaram a estrada. E se revezaram ao volante, dirigindo dia e noite. Até chegarem a Brasília.

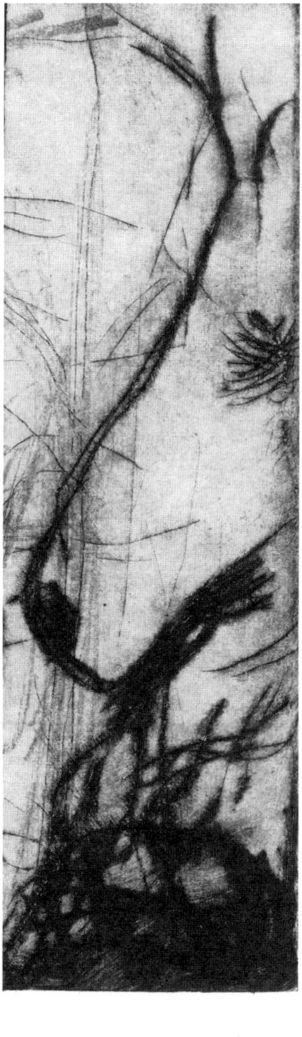

13

As coisas importantes ditas de um jeito prosaico.

Brito estava experimentando uma camisa no provador de uma butique masculina. Sempre pedia que Marlene escolhesse as roupas para ele. O rosto dela, só o rosto, surgiu entre as cortinas e ficou assistindo. Eles se olharam pelo espelho do provador.

Me diga uma coisa, Brito: você é feliz? Ou infeliz?

Ele colocou a camisa por dentro da calça. Viu que começava a criar barriga.

As duas coisas, acho.

Marlene degustou a resposta por um tempo. Daí, sorriu e disse, antes de seu rosto sumir entre as cortinas:

Ficou boa a camisa.

Brito e Marlene.

Por que dava certo? Os dois tinham as mesmas fomes. Era isso que ele pensava. E ela também, de uma forma mais pé-no-chão: achava que eram duas pessoas sem objetivos muito claros. Então um se apoiava no outro. Porque é preciso se apoiar em alguma coisa neste mundo.

Se considerasse uma escala de zero a dez, ela diria que aquela era uma felicidade nível sete. O máximo, por sinal, que tinha conseguido até então.

Brito era doméstico. Um homem de grandes silêncios. Marlene compreendia e aceitava isso; se dava bem com o silêncio.

Ele ficava quieto no quarto, nem ligava a televisão. Deitado, com as mãos atrás da cabeça, lembrando ou esquecendo de coisas que estavam dentro dele. Coisas ruins, a julgar por sua cara. Ela não se incomodava, aproveitava para cuidar da rotina doméstica. De repente, Brito se levantava, como se tivesse completado uma penitência, sacudia a poeira e a convidava para jantar numa cantina do Bixiga, da qual ela gostava muito.

Um convívio fácil. Brito tinha noções aceitáveis de higiene, não roncava quando dormia e nunca levantava a voz. Dificilmente se irritava. Nem quando o pessoal dessas religiões alternativas o abordava na rua, coisa que a deixava doida – eram invasivos, já vinham pegando na gente.

Brito andava com uma arma, mas evitava que Marlene a visse. E ao chegar de suas viagens, sempre trazia uma lembrança para ela.

Falavam de amor por tabela. Como 90% dos casais.

Um desejo secreto de Marlene: ter encontrado Brito antes, mais novo. Acreditava que era possível consertar um homem, desde que ele ainda não tivesse passado dos trinta. Depois dessa fronteira, achava, era mais fácil ensinar um macaco a ler.

Por iniciativa própria, Marlene contou como fora

sua primeira vez. Um desastre que ela transformara numa boa anedota. Nem se lembrava direito, lembrava apenas que o cara tinha uma tatuagem. Brito se divertiu.

Ele nunca falou de mulher nenhuma. Nem da mãe. Marlene lamentava. Pressentia que havia boas histórias, adoraria saber. Mas não perguntava.

Ela conhecia bem as mulheres. Via muitas todos os dias, sabia do que eram capazes.

Brito era fanático por TV. Lia de modo errático (revistas e gibis, nunca livros) e não se interessava por política. Talvez não soubesse direito nem quem era o presidente da República.

Ela chegou a falar que, se quisesse, Brito poderia largar o que estava fazendo – o dinheiro dela bastava para os dois. Brito respondeu que, se quisesse, Marlene também poderia largar o que estava fazendo – ele ganhava o suficiente para ambos.

Mas Brito jamais concordaria em viver à custa de uma mulher. Fizera coisa pior para não ter de passar por isso. E nem Marlene aceitaria que um homem a sustentasse. Fizera coisas pavorosas para não ter de aturar isso. Só uma vez esteve perto de acontecer, com o general, e ela não gostou.

Um não considerou a proposta do outro. Nem por um segundo. Cabeças duras.

Talvez, se tivesse acontecido mais à frente, porém não houve tempo.

Marlene só descobriu que era a primeira mulher por quem Brito se apaixonara na vida no final, quando não havia mais nada a fazer.

Todos os meses, Marlene mandava dinheiro para a mãe, no interior da Bahia. Brito chegou a conhecê-la – a mãe de Marlene os visitou por uma semana. Era uma viúva de bem com a vida, excelente cozinheira. Brito a recebeu com educação, mas depois ficou na dele. E pareceu escandalizado quando descobriu que a mulher conhecia em detalhes o trabalho da filha.

Ela era de Escorpião, Brito, de Touro. Mas nenhum dos dois lia horóscopo.

E ambos gostavam muito de foder.

O pau de Brito a levava a lugares aonde não fora muitas vezes com outros homens. A boceta de Marlene era um caminho que ele gostava de percorrer. Uma das raras mulheres com quem ficava à vontade, de verdade, na cama.

Porém a doença já estava a caminho.

Brito e Marlene tinham acabado de rever um filme de gângster no videocassete. Sugestão dela, que gostava do ator que interpretava o vilão. Ele, em geral, achava os filmes policiais fantasiosos. Os caras atiravam sempre na cabeça. Não era assim.

Marlene se levantou e foi até a cozinha, para pegar sorvete na geladeira. Brito não quis. Azia.

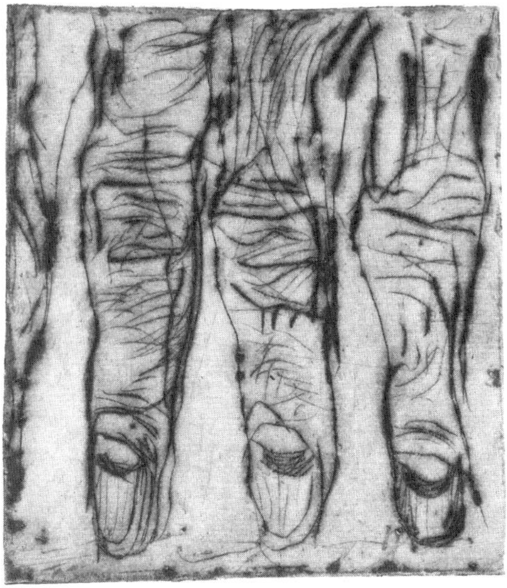

Ela voltou para a sala e sentou-se com as pernas encolhidas no sofá. Comia direto do pote, um resto de sorvete. E ficou observando Brito: a atenção dele estava presa num documentário sobre o extermínio de elefantes no Quênia.

Fazia dez meses que moravam juntos. Bem naquele dia. Marlene não esperava mesmo que Brito se lembrasse, e não se decepcionou. Nada poderia decepcioná-la naquele dia. Ela acalentava uma alegria secreta.

Marlene tinha resolvido que queria ser mãe.

Brito havia notado que ela andava estranha nos últimos dias. Estranha não, diferente. Os caçadores de marfim atiravam para valer na polícia, ele achou. Muito dinheiro em jogo. Marlene tinha algo para falar,

Brito sabia. E falou bem na hora em que a cena de um elefante jovem andando ao redor da mãe abatida deixava Brito penalizado.

Você já pensou em ser pai, Brito?

Então era isso? Ele quase riu enquanto apertava a tecla do controle-remoto e desligava a TV.

Brito não ligava para crianças. Não era nem uma questão de gostar ou não gostar: não se importava com elas. Mas sabia que não queria ser pai.

Já pensei, sim.

E?

Não quero ter filhos.

Marlene raspou o fundo do pote com a colher. E estreitou ainda mais os olhos. Brito não conhecia a expressão que viu em seu rosto.

É definitivo?

É.

Ela levou o pote de sorvete para a cozinha. Quando retornou, deitou-se no sofá e apoiou a cabeça no colo de Brito. Ele pensou que Marlene fosse chorar. Mas ela sorriu. Olhando nos olhos dele.

E se eu pedisse?

Brito pôs o dedo sobre uma pinta no pescoço dela.

Você pediria mesmo sabendo que eu não quero?

Não, Marlene disse.

Continuava sorrindo.

Brito se recordava com freqüência dessa conversa.

A trinca na represa. Às vezes achava que deveria ter explicado suas razões. Podia morrer a qualquer momento. Fazia parte, acontecia todos os dias com gente que ele conhecia. Achava que vivia o tempo todo na condição de homem com os dias contados. Um homem provisório.

Se pensasse numa escala de felicidade, Marlene diria que ela e Brito tinham descido para o nível 6. Quando foram para a cama naquela noite, ela comentou que fazia dez meses que estavam juntos.

Eu sei, Brito disse.

E saiu da cama para pegar o presente que comprara para ela três dias antes. Uma caixinha de música. Com um tema que Marlene gostava de assobiar. Uma valsa.

Fizeram amor. Sem proteção nenhuma, como vinha acontecendo havia meses. Brito não tinha como saber, mas foi a penúltima vez que isso aconteceu.

Brito e Marlene.

Por que não deu certo?

Tinham as mesmas fomes, pelo menos no começo, Brito pensou. Ele e Albano esperavam no carro, numa rua atrás do parque de diversões. Enxergavam a porta da garagem e parte da varanda da casa. Só um olho treinado conseguiria vê-los.

Brito reclinara o banco e fingia cochilar, para poder pensar sem ser interrompido a toda hora por Albano. Final de manhã, o céu estava claro e a temperatura agradável. Albano chupava laranjas. A terra vermelha do lugar se alojara nos limpadores do pára-brisa.

O que fazer com aquelas lembranças? Brito achava que só restava carregá-las junto com as culpas, dores e arrependimentos. O peso que cabia a cada um na vida. Era o que ele podia fazer. Não conseguia se livrar de certas coisas.

Seu nome, por exemplo. Logo de saída, falou no assunto com Marlene. Ela disse que ele estava errado, que o nome era bonito. Ele explicou que detestava. E bastou. Marlene nunca o chamou de Gildo.

A doença já existia, mas nenhum dos dois sabia. Veio com eles.

Depois que acabou, Marlene só voltou ao edifício uma única vez. Não sabia direito o que queria, não tinha certeza de que entraria. Parou na porta. Arrependida de ter ido até lá. Ao virar-se para ir embora, quase derrubou a vizinha e o filho, que chegavam da feira. Desculpou-se e se afastou – e ficou sem entender o que a velha quis dizer quando perguntou pelo gato. Pensou que ela se referia a Brito. E fugiu de lá.

A doença.

Marlene recolheu um paletó de Brito. Estava manchado na lapela, precisava mandar para a lavanderia. Esvaziou os bolsos. Encontrou um lenço, moedas, um cartão telefônico e uma fotografia. Um homem sorridente, de terno, parecia um político. Uma foto boa.

Ela deixou tudo sobre a mesa da sala e, à noite, reparou que as coisas não estavam mais lá. Esqueceu o assunto.

No dia seguinte, um amigo de Brito apareceu no apartamento. Almoçou com eles. Marlene ficou com a impressão de que o homem fizera um grande esforço para ser simpático. Mas não adiantou: era um daqueles tipos que nunca ficam à vontade na presença de uma mulher. A não ser que estejam pagando. Ela os conhecia bem, apareciam aos montes em sua casa noturna.

Não se pode dizer que tenha gostado de Albano. Percebeu que ele evitava olhar de modo direto para ela, mantendo sua atenção no que Brito falava – o problema era que Brito pouco falava.

Marlene achou Albano dissimulado. Estava de saia. E na hora em que se abaixou para pegar um guardanapo caído, notou que ele olhou para suas pernas. O amigo estranho de Brito. O tempo inteiro com um isqueiro na mão. Ela calculou que, a qualquer momento, ele acabaria pedindo um cigarro. Não aconteceu. Ninguém ali fumava.

A doença? Estava a caminho.

14

Valdomiro Menezes pesava exatos 147,8 quilos naquele dia. Sem roupa. Sabia disso porque se pesara pela manhã, antes do banho. Seu humor, que já não era grande coisa, vinha piorando dia a dia, havia quase uma semana. Motivos não faltavam.

Mirão sofria com uma nova dieta, a terceira do ano, imposta por sua mulher. Propunha que o sujeito só comesse frutas, com atenção especial para as cores que seriam combinadas numa só refeição. Um troço meio místico. Quase uma semana e seu corpo dispensara míseros oitocentos gramas. Parecia que até um copo de água fazia Mirão engordar.

Não podia mais nem ouvir falar em frutas. Sonhava com massas, molhos, picanhas. Saía da cama para abrir a geladeira de madrugada, tremia só de olhar para a tigela com a salada de frutas preparada pela cozinheira. Mirão estava uma pilha de nervos, piorando a cada minuto. Um pouco mais e ficaria fora de controle. Seu irmão Abílio foi o primeiro a sentir isso.

Na época das queimadas, quando um avião sai de um ponto e não chega ao destino, todo mundo pensa logo em acidente. E a notícia não demora a circular. Porém não houve nenhum registro de queda de aviões – e Mirão sabia que Dênis era um piloto cuidadoso e experiente.

A segunda hipótese: apreensão da carga pela polícia. Também nesse caso a notícia não demorava. E ele não recebera nenhuma informação desse tipo.

Havia uma terceira possibilidade, mais remota: interceptação do avião por outra quadrilha, uma das faltas mais graves no código não-escrito dos contrabandistas e traficantes. Raras vezes acontecia. Funcionava como uma declaração de guerra – e ninguém gostava disso. Atrapalhava os negócios.

Pensar que o piloto havia fugido com o avião era uma idéia idiota. Um delírio. Um delírio tão grande que nem a fome que Mirão Menezes sentia durante boa parte do dia conseguiria provocar. Ele aguardou alguma informação por doze horas. O estômago doendo serviu para deixá-lo ainda mais impaciente. Mirão resolveu agir.

Mirão não via o irmão desde a véspera – Abílio com certeza andava por Porto Velho, caçando namorados.

Albano e Brito estavam incomunicáveis em algum ponto do Acre, atrás de um sindicalista jurado de morte. Mirão sabia que Albano conservava o celular desligado durante a maior parte do tempo. (Todos conheciam a história de Dionélio Bezerra, o Lelé, um pistoleiro cujo celular tocou fora de hora numa tocaia. Lelé tomou dois tiros. Sobreviveu, mas ficou preso a uma cadeira de rodas.) Albano tinha o costume de ligar apenas para informar sobre o andamento dos trabalhos. Mirão não podia esperar. Então ele mandou chamar um especialista. Lucas Cerqueira.

O sindicalista que Albano e Brito procuravam se chamava Josué. Fizera tanto barulho com denúncias sobre trabalho escravo no Acre que precisou sumir de Rio Branco por uns tempos. Já havia escapado de dois atentados e decidira se esconder num lugarejo perto de Elvira, na fronteira com o Peru. Albano e Brito tiveram muito trabalho para descobrir seu paradeiro. Demoraram quase duas semanas. Josué nunca ficou sabendo que os dois pistoleiros estiveram tão próximos dele. E muito menos que um telefonema de Albano, comunicando a Mirão que fizera contato visual com o alvo, acabou por salvar sua vida.

Mas isso foi depois.

Mirão entrou no escritório da fazenda no momento em que o telefone tocou. Ele reconheceu na hora a voz de Lucas Cerqueira. Enfim uma boa notícia: Lucas trabalhara depressa e com eficiência, como sempre. O piloto estava algemado num quarto de hotel numa cidade empoeirada do Paraguai. Pediu que Lucas não fizesse nada, apenas esperasse. Já estava a caminho. Queria muito encontrar-se pessoalmente com Dênis. Ia arrancar sua cabeça.

Mirão deixou um recado para o irmão: iria ao Paraguai buscar o avião e o piloto. Viajava preocupado: fazia dois dias que não tinha notícias de Elaine. Era provável que estivesse no Rio outra vez, o que aumentava ainda mais sua irritação. Jamais passaria pela cabeça de Mirão que a filha tivesse fugido de casa para encontrar-se com Dênis no Paraguai. E muito menos que estivesse em curso, no corpo dela, um processo que o transformaria em avô.

Mirão chegou ao Paraguai no exato instante em que, a milhares de quilômetros de distância, Albano e Brito viam Josué pela primeira vez. O sindicalista conversava com um vizinho na frente da casa, despreocupado. Ele parecia sentir-se muito seguro, e não havia razão para pensar o contrário, enfiado ali naquele fim de mundo, na boca da floresta. Albano gostou do que viu, e conferiu a foto que levava. O trabalho seria fácil. Ele e Brito só tinham de pensar no esquema de retirada. Albano ligou o celular, mas não havia sinal telefônico – e ele adiou o contato com Mirão.

Agiriam naquele dia, Albano avisou, assim que deixaram para trás a rua onde ficava a casa de Josué. Havia um corredor extenso ao lado da casa: esperariam escurecer e entrariam pelos fundos – sabiam que o sindicalista estava sozinho.

E se tiver cachorro?

Ah, Brito, vá tomar no cu.

Albano estacionou perto de uma pracinha de flores e árvores mirradas e de mato vigoroso e abundante. Sentada num banco de madeira, uma babá vigiava dois meninos que brincavam num trem. *Um trem*, modo de dizer: meia dúzia de grandes manilhas de esgoto dispostas em fila e pintadas em cores desbotadas. Os meninos eram ruivos. E pareciam estar se divertindo bastante. O restaurante numa das esquinas já estava aberto, mas ainda era cedo para o almoço. Brito olhou para a mulher, que sorriu. Albano bocejou.

Será que tem algum puteiro aqui por perto, Brito? A gente podia passar a tarde numa boa.

Brito se interessara pela babá: era uma mulher de pele escura, cabelos grossos e pretos e traços delicados. Havia sangue índio nela, achou.

Bom, se tiver puteiro, deve ser bem vagabundo, Albano falou. Mulher de R$ 1,99.

Brito riu.

Puteiro é tudo igual, Albano.

Albano também riu.

Nisso você tá enganado. Já fui a muito puteiro bom. Coisa de classe, privê. Só para grã-finos. Tem um em São Paulo, onde o Mirão gosta de ir, que eu vou te contar. Mulherada de primeira.

Brito parou de rir.

Universitárias, sabe como é?

Brito encarou Albano, alerta.

Casa da Bruna...

Ele fechou os olhos e levantou a cabeça, como se aspirasse uma recordação agradável. Brito sentiu uma pontada no estômago. Todas as mulheres que trabalhavam para Marlene se diziam universitárias – e algumas até eram. Albano estalou as juntas dos dedos.

E a dona da casa, essa Bruna, é uma gostosa.

Brito engoliu seco. E olhou para a babá: ela lia um livro, segurando-o no colo. Os meninos imitavam o apito de um trem e corriam pelo interior das manilhas.

O problema é que ela cobra muito caro pra fazer programa.

Mas ela também faz programa?

Ahhh, faz, né, Brito? Puta é sempre puta, não é porque virou cafetina que deixa de ser puta.

Brito pensou num terreno minado. E olhou para os olhos de Albano, atrás de algum indício. Não encontrou. Albano permanecia sério.

Por exemplo: se algum figurão, um político desses, vai até lá, ele quer logo a melhor mulher da casa, você não acha? Questão de prestígio. Dinheiro não é problema pra esse tipo de gente. Então ele come a dona. Se ela for bonita, é claro. Essa Bruna é um tesão.

Brito abriu a porta do carro. Sentia um princípio de enjôo.

O que foi?

Nada, Brito disse.

E saiu do carro. Albano fez o mesmo.

Você ficou branco de repente. Tá tudo bem?

Brito respirou fundo e sorriu. Mas continuava enjoado. Ele indicou o restaurante.

Não é nada. Vamos tomar uma cerveja que isso passa já.

Marlene era uma cafetina, não havia como negar, mas Brito não se incomodava com isso. Uma coisa diferente o perturbava: Albano a tinha reconhecido e ficava com aquela conversa para sacaneá-lo?

Enquanto o garçom trazia uma cerveja para a mesa, Brito examinou com atenção o rosto de Albano. Não, estava enganado, Albano parecia ter esquecido o assunto. Apenas uma coincidência. Eles brindaram.

Marlene era uma cafetina. Brito não ligava. Mas sabia que, de certa forma, isso tinha a ver com o fim.

Foi assim: Brito e Marlene jantavam num restaurante do Arouche, depois de assistir ao show de um humorista. Estavam relaxados, tinham rido muito. Marlene se levantou para ir ao banheiro e, na volta, Brito notou que ela se deteve numa mesa ocupada por dois homens. Um deles, o mais velho, levantou-se para conversar com ela.

Indício nº 1: Brito não gostou nem um pouco da maneira como o homem pegava em Marlene enquanto falava. Ela sorria, à vontade, havia intimidade entre eles. O homem tinha os cabelos grisalhos e usava um terno bem cortado. Um homem elegante. A maioria das mulheres diria que era um coroa enxuto e charmoso. E pegajoso, Brito pensou, vendo que ele segurava a mão de Marlene entre as suas.

Indício n° 2: aquela era primeira vez que Brito sentia ciúme de Marlene. Ciúme de uma puta. Uma ex-puta. Brito bebeu o resto do vinho e esperou. A conversa entre o homem grisalho e Marlene se estendia. Brito pagou a conta e saiu do restaurante.

Quando passou perto de Marlene, recebeu um olhar rápido e um sorriso. O mesmo sorriso, ele imaginou, que ela dirigia aos clientes de seu puteiro. O homem o ignorou.

Brito entrou no carro e ligou o rádio. Daí, desligou. Ligou e desligou de novo. Controlava a vontade de voltar ao restaurante. Marlene apareceu doze minutos depois. Contados no relógio dele.

Albano pegou o celular e fez cara de satisfeito quando ouviu o som da linha. Usava um boné e óculos escuros, que o deixavam parecido com um ator de novelas, um que todo mundo dizia que dava o rabo. Brito não se lembrava do nome do ator. Em outros tempos, teria perguntado a Marlene, que vivia por dentro desses assuntos.

Albano ligou para Mirão. E nem chegou a contar que

havia feito contato visual com o alvo – e que a fase 3 do trabalho, a última, iria ser concluída naquele mesmo dia. Mirão o interrompeu. A partir daí, por um longo tempo, Albano limitou-se a ouvir e a repetir: Sei, sei. Teve uma hora em que ele fez o nome-do-Pai – e Brito olhou-o, curioso. Sabia que Albano tinha o costume de se benzer sempre que o informavam da morte de algum conhecido.

O sindicalista Josué, naquele momento, teve sua vida poupada. Involuntariamente. Ganhou uma sobrevida de mais três meses, depois do que outro pistoleiro o matou.

Quando desligou, Albano manteve o olhar parado no copo de cerveja à sua frente. Brito pensou que ele entrara num de seus transes costumeiros e estalou o polegar no indicador diante do seu rosto. Albano acordou.

Beba a cerveja. Nós vamos embora.

O que aconteceu?

Albano acenou para o garçom.

Um rolo dos infernos. O Mirão quer que a gente volte agora mesmo para a fazenda.

Mas o que que houve?

Não entendi direito, Brito, mas parece que o piloto do Mirão matou o Lucas Cerqueira lá no Paraguai. Já pensou que merda?

Brito não disse: Caralho. Apenas pensou. Albano se benzeu mais uma vez.

15

A tarde estava se fechando num amarelo-avermelhado por trás da roda-gigante do parque de diversões. Um magnífico crepúsculo de início de primavera. Brito não conseguia entender como podia existir gente que não era tocada por belezas como aquela. Feito Albano, que cochilava no carro. Ele vivia repetindo que só gostava de coisas concretas, palpáveis – macias, de preferência.

Brito resolvera esticar as pernas e perambulava ao redor do terreno em que o parque se instalara, sem descuidar da casa que vigiavam. Aos poucos, as luzes coloridas das barracas eram ligadas e davam ao lugar um certo clima de sonho. De sonho barato.

Ele atravessou aos saltos um trecho do terreno coberto pelo mato alto, encostou-se na traseira de um *trailer* e urinou. E viu que o homem da barraca de cachorro-quente já começara a trabalhar. Tinham passado o dia comendo bolachas no carro, ele e Albano, e Brito sentia um princípio de ardência no estômago. Sua velha companheira, a azia.

O homem da barraca usava um jaleco branco, imaculado, era solícito e bem-humorado. Ele informou que, em cinco minutos, as salsichas estariam no ponto. Brito disse que voltaria mais tarde.

O homem do jaleco branco também era um péssimo observador. Dias depois, descreveria Brito à polícia como um sujeito alto, forte, de cabelos lisos – Brito não era tão alto nem tão forte, e tinha cabelos crespos. Albano, que o homem disse ter visto menos, foi descrito como loiro – seus cabelos eram claros, de fato, mas castanhos. Na opinião do homem, os dois sujeitos pareciam estar ali para paquerar as mulheres que trabalhavam no parque. Via caras fazendo isso todos os dias.

Casais jovens, de mãos dadas, começavam a circular pela frente das barracas. Nem as moças, nem os rapazes eram bonitos. A música começou a soar, estridente, nos alto-falantes. Brito reparou no barrigudo primeiro. Ele surgiu da lateral do *trailer* da cartomante e disse qualquer coisa para a menina, que apareceu em seguida. Uma bronca. Ela vestia os mesmos bustiê e *short* vermelhos que Brito vira antes.

O barrigudo continuou falando, de dedo em riste. Ela ouvia cabisbaixa. Ele deu um tapa na cabeça da menina. Ela permaneceu imóvel. Usava tênis brancos – ou melhor, que tinham sido brancos antes que a terra vermelha se entranhasse neles. O homem fez uma última ameaça e depois se afastou. A menina entrou no *trailer*.

Quando o homem passou, Brito o encarou. O barrigudo sorriu um cumprimento. Brito não respondeu, mas, mesmo assim, o homem pareceu ficar satisfeito. Assobiava bovinamente. Brito lamentou não poder fazer nada naquele momento. A humanidade precisava de reparos.

(Uma vez, Brito assistiu em Ji-Paraná à pregação de um pastor, com quem Mirão tinha negócios. Era um bom orador, sabia fazer pausas dramáticas, mudava a entonação da voz para enfatizar o que dizia. Brito notou que os fiéis, um bando de caboclos e mestiços de índios, a maioria desdentada, ficaram impressionados. Numa igreja improvisada em um barracão, o pastor anunciava o caos para breve. Asneiras. Uma frase do pastor, contudo, ele preservou: a humanidade precisava de reparos. De vez em quando, Brito pensava nessa frase.)

Ele viu que Albano saíra do carro e estava encostado no pára-lama, de braços cruzados. Parecia despreocupado. Olhava para a roda-gigante, que começara a funcionar para meia dúzia de gatos-pingados, de um jeito sonhador. Talvez estivesse pensando em pôr fogo nela.

Brito gostava de Albano. Diziam que ele era frio; Brito o achava calmo, mesmo em situações extremas, quando o mais importante era manter o controle dos nervos. Desde que não houvesse nenhum cachorro por perto, Brito pensou. Ele confiava muito em Albano.

Albano participara do episódio em Foz, quando Brito atirou nos joelhos de um garçom metido a engraçadinho. O tempo fechou no restaurante, um lugar fuleiro, ponto de encontro de contrabandistas. Na hora em que Brito atirou, vários homens se levantaram de suas mesas com as armas engatilhadas. Coisas da fronteira. Albano sacou seu revólver e avisou que iam sair e que passaria fogo no primeiro que se mexesse. Ele colocou o dinheiro para a conta sobre a mesa, olhou para o garçom, que se contorcia no chão, e os dois deixaram o restaurante. Podia ter acabado em chacina.

Só uma coisa incomodava em Albano, além de sua piromania: Brito não conseguira confirmar se ele havia reconhecido Marlene.

Albano nunca mais falara da casa de mulheres. Brito não ousaria fazer uma pergunta direta. Fora apenas uma coincidência, ele pensava. E mesmo assim a dúvida permanecia, cozinhando em fogo lento.

Numa coisa, porém, Albano estava enganado, Brito achava: Marlene não fazia mais programas. Com nenhum cliente, nem com figurão. Uma ocasião, Brito e ela conversaram sobre esse assunto. Uma única ocasião.

Brito espichou-se na cama para alcançar a gaveta do criado-mudo. Marlene o puxou de volta.

Não precisa.

Disse apenas isso, que Brito ouviu como uma declaração de amor.

Depois, os dois permaneceram abraçados; ele, como sempre, em silêncio. Marlene sabia que Brito tinha uma pergunta para fazer, sabia até qual era essa pergunta. Dava para dizer que ela flutuava sobre os dois na penumbra do quarto. Marlene estava se divertindo com aquilo. E resolveu ajudar.

Pode falar, Brito.

O quê?

Ele olhou como se ela o tivesse apanhado distraído. Fingia. Marlene conhecia Brito. Em sua opinião, ele daria um excelente ator.

Pode perguntar.

Perguntar o quê, Marlene?

Ela deitou-se de costas, a cabeça sobre o braço esticado de Brito, e puxou o lençol, cobrindo os seios. Sorria.

Eu sei que você quer me fazer uma pergunta.

Eu? Não...

Ela riu mais. Sob o lençol, fez cócegas na barriga dele. Um princípio de barriga ainda, mas Marlene havia notado que Brito engordara nas últimas semanas. Vida mansa.

Vai, Brito, pergunta. Prometo não ficar zangada.

Mas eu não sei o que você quer que eu pergunte.

Ela virou-se de lado, tirou os cabelos do rosto e apoiou a cabeça na mão. Ficou séria, de repente. Brito viu os pêlos despontando no sovaco de Marlene. Ele adorava aqueles sovacos.

Fala a verdade: você quer saber se eu estou deitando com outros homens, não é?

Brito levantou as sobrancelhas, o melhor que pôde fazer, para simular espanto. Se tivesse feito a pergunta, usaria quase as mesmas palavras.

Que bobagem, isso nem me passou pela cabeça, Marlene.

Ele riu, ela continuou séria.

Passou, sim. Estava escrito na sua cara agora há pouco, quando eu não deixei você colocar a camisinha.

Você está enganada...

Marlene beijou os lábios de Brito, afagou seus cabelos. O cheiro dela chegou até ele feito uma onda de felicidade.

Não estou, não. E vou responder a essa pergunta que tá te engasgando faz dias: você é o meu primeiro homem desde que o general morreu. Pode acreditar porque é verdade.

Eu acredito...

Foi uma boa oportunidade para Brito dizer que Marlene era a primeira mulher por quem se apaixonava. Mas ele deixou passar. Preferiu beijá-la na testa, um prêmio de consolação. Ela deitou-se sobre o ombro dele, passou os dedos entre os pêlos em seu peito.

Eu comentei com você: parece que os homens têm medo de mim. Nenhum chega perto. Você foi o único que fez isso, Brito. Dava pra ver que você me desejava.

Brito continuou quieto, lembrando-se do impacto que sentira em seu primeiro encontro com Marlene. E desperdiçou mais uma oportunidade. Preferiu colocar sua coxa entre as dela e começar a acariciá-la, e em pouco tempo estavam resfolegando de novo. Era comum isso acontecer várias vezes numa noite. Havia muito tesão entre os dois. E amor também, que cada um chamava por um nome diferente, mas que, no fundo, significava a mesma coisa. Confiança. A um passo da cumplicidade.

Brito e Marlene.

Bons tempos.

Na última noite, ela saiu do restaurante doze minutos depois de Brito e entrou no carro. Ele dirigiu calado por várias ruas. Não compreendia direito o que sentia, e não gostava nem um pouco daquilo. Brito tentou recordar-se de uma piada que o humorista contara no show, horas antes, sobre um casal de orangotangos, mas não conseguiu. Havia um bicho roendo as entranhas de Brito, um bicho que ele ainda não conhecia até aquele dia. Foi o bicho que falou por ele.

Quem é o velho?

Marlene afrouxou o cinto de segurança para virar o corpo e olhar para Brito.

Um amigo.

Amigo. Brito se perguntou por que ela não dissera "cliente". O bicho arranhou seu estômago. (Na verdade, ele tinha uma úlcera de fundo nervoso, mas nunca descobriu isso.)

Brito formulou outras perguntas. Tipo: Amigo *especial*? Ex-amante? Cliente preferencial? Apenas mentalmente, não verbalizou nenhuma. Escolheu continuar em silêncio. Marlene pôs a mão em sua coxa.

Algum problema?

Ele pensou antes de responder. Disse que não. E voltou a ficar quieto. Marlene achou que conhecia aquele silêncio. Estava errada.

Não se falaram ao sair do carro, no elevador ou na porta do apartamento. Brito entrou direto no quarto e pegou o revólver, que guardava numa caixa de sapatos sobre o guarda-roupa. O bicho escavava.

Quando prendeu a arma no cinto, notou Marlene parada na porta do quarto.

O que você vai fazer?

Nada. Vou sair.

Ao passar por ela, pensou que era uma pena aquilo acontecer numa noite em que Marlene estava tão bonita. Isso atiçou ainda mais a dor em seu estômago.

Ela considerou a idéia de segurá-lo, mas se conteve. Viu pelo rosto dele que aquele era um território de Brito que ela não conhecia. E teve medo. Marlene falou bem no momento em que ele ia abrir a porta.

Vai voltar lá e matar ele?

Brito percebeu o rosto dela mudando de cor. Avermelhando-se.

É fácil fazer isso, Brito? É fácil matar uma pessoa?

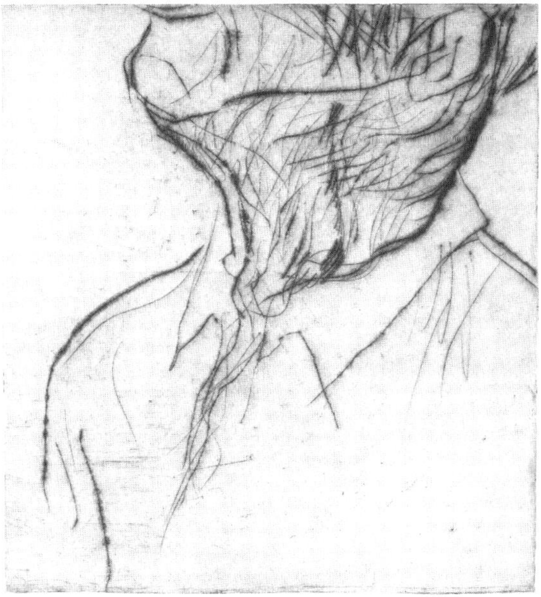

Os dedos da mão direita dele se crisparam. Um espasmo involuntário. Ele pensou em algo para dizer, mas não encontrou nada para interromper o silêncio que se instalou entre os dois. Marlene entrou no quarto, remexeu gavetas e voltou à sala com um jornal dobrado. Que jogou no peito de Brito.

Ele se acocorou, mas não precisou erguer o jornal do chão. A notícia estava visível. Falava de um empresário assassinado na região de Campinas. E estampava uma fotografia dele: um homem sorridente, de terno, parecia um político. Uma boa foto. A mesma que Marlene havia encontrado no bolso do paletó de Brito.

É assim que você ganha a vida, Brito? Matando gente?

Ele se levantou e olhou para o rosto dela: estava congestionado, Marlene chorava. E tremia.

Brito calculou que tinha duas opções. A primeira: abraçar Marlene com força e dizer-lhe um monte de palavras. Só que ele não sabia que palavras eram essas. Por isso, escolheu a segunda opção e abriu a porta.

Se você sair agora, não vai mais me encontrar aqui quando voltar.

Ele sentiu uma estocada no estômago. O bicho concentrava suas garras em um único ponto. A boca de Brito estava amarga, seu hálito, pesado. Marlene nunca estivera tão bonita. Ele saiu, sem olhar para ela. E puxou a porta.

Primeiro, Brito dirigiu pelas ruas, em luta contra a idéia de retornar ao restaurante. Até conseguir afastá-la.

Ele queria organizar as coisas em sua cabeça. Estava confuso. Mais que confuso, atordoado. Achou que dirigir pelas ruas vazias iria ajudar. O problema é que as ruas não estavam vazias, ainda havia tráfego pesado àquela hora.

Brito estacionou perto de um viaduto e entrou num bilhar. Um antro de itens suspeitos, dos salgadinhos sobre o balcão aos homens que jogavam nas mesas ou que assistiam às partidas sentados em cadeiras de metal. O balconista era carrancudo e tatuado. Brito ocupou uma mesa, pediu cerveja e cachaça. E se lembrou de que havia tomado muito vinho no restaurante. A mistura seria explosiva – e era disso que precisava. Uma explosão. Tinha de colocar para fora o bicho que o atormentava.

Ele alternou goles de cachaça e de cerveja, e observou com atenção a fauna de assemelhados ao seu redor. Gente da noite: malandros, pequenos traficantes, desocupados. Gente de segunda, de todas as idades e cores – os de pele cinzenta prevaleciam. Num dos cantos, sentado sobre uma pilha de caixas de cerveja, Brito localizou o que procurava.

O homem era grande, o maior naquele antro. E também o mais feio. Tinha os cabelos quase raspados e um bigode largo, escuro, e estava enfiado numa camiseta apertada. Um desses caras que acham besteira gastar dinheiro em academias, já que podem passar o dia levantando peso e ainda ganhar por isso. Um estivador.

Ele retribuiu o olhar de Brito, com aquela segurança que gostar das dimensões do próprio corpo dá a certos homens e mulheres. Brito manteve o foco, o grandalhão estufou um pouco o peito. Fez pose. Brito conhecia o truque, tinha praticado com o curso de Charles Atlas. E continuou olhando. Até que o homem se mexeu: captara a mensagem.

Brito virou o copo de cachaça enquanto ele se aproximava de sua mesa.

Você tá querendo alguma coisa?

De perto, o sujeito era maior ainda e tinha os dentes estragados. Brito disse que não. O grandalhão o estudou.

Quer companhia, é isso?

Brito respondeu que não, balançando a cabeça. O grandalhão coçou atrás da orelha, um feixe de veias se desenhou em seu braço. Ele estudou o rosto de Brito mais um pouco.

O grandalhão trabalhava de madrugada, descarregando caminhões para as transportadoras do Canindé. Gostava da noite, já tinha visto um pouco de tudo. Calculou que, para atrever-se a provocá-lo daquela maneira, um camarada do tamanho de Brito ou não tinha juízo ou estava armado. Brito bebeu cerveja sem desviar o olhar.

O homem sabia que havia muito maluco solto pela cidade. Brito era um deles, concluiu. Pinel. Não valia a pena. Disse:

Se quiser alguma coisa, é só falar comigo.

Brito ergueu o copo de cerveja, como se brindasse. O grandalhão retornou para seu lugar sobre a pilha de caixas. Ficou por isso.

Caralho, o que eu estou fazendo nesta merda de lugar?, foi esse o pensamento que atingiu Brito feito um relâmpago. Ele se levantou, pagou e saiu do bilhar.

Noite de cão.

De cães ferozes.

Quando Brito abriu a porta do carro, os dois meninos surgiram de uma zona escura sob o viaduto. Quinze anos cada um, no máximo. Ambos negros. Enrolados em cobertores, como mendigos. Brito se encostou na lateral do carro, ficando de frente para os dois. A dor em seu estômago cessara. O bicho estava anestesiado.

A grana, tio. Rápido.

A mão do menino que falou surgiu empunhando uma faca comprida. A mão que Brito colocou para trás, e que poderia ter pego o revólver, voltou carregando sua carteira. Ele separou as notas, estendeu-as para os meninos. O que segurava a faca as recolheu.

Dá os documentos também, anda.

Brito sorriu. Pena que o bicho tivesse se acalmado.

Não vou dar os documentos, não.

Os dois meninos se entreolharam. Não estavam preparados para aquilo. O menino da faca ainda tentou:

Eu vou te furar.

A mão de Brito já tocava a coronha do revólver desde que ele sorrira. Nenhum dos meninos havia percebido o movimento. Amadores.

Vambora, Zito. Já pegamos a grana mesmo.

O menino da faca viu que seu companheiro se afastava. Ele encarou Brito por um instante, xingou-o e também desapareceu sob o viaduto. Brito entrou no carro e foi para casa.

Marlene não estava, tinha cumprido sua promessa.

Brito deitou-se vestido na cama e esperou acordado, mantendo a luz acesa. Tinha certeza de que, pela manhã, ela estaria de volta.

Mas quem apareceu foram três homens de uma empresa de mudanças, para retirar as coisas de Marlene. Traziam uma autorização dirigida a Brito e uma lista do que levariam. Ele não se opôs, não era muita coisa. Roupas, sapatos, perfumes, o secador de cabelos, a bicicleta de exercícios, uma maleta com fotos. Os objetos pequenos lotaram três caixas de papelão.

O que os três não levaram, e que pertencia a Marlene, serviu para dar um alento a Brito. Os livros e discos, por exemplo: ela teria de voltar para apanhá-los. Então conversariam. Acertariam as diferenças. Superariam a crise.

Só que Marlene deixou tudo para trás e nunca voltou.

Brito entregou o cachorro-quente a Albano. Já comia o seu. Albano deu apenas a primeira mordida. E falou de boca cheia.

Olha lá.

O portão da garagem da casa se ergueu e o Opala saiu à rua. Ao volante, o homem com nariz de boxeador. Ele esperou que o portão se fechasse e depois arrancou. Estava sozinho no carro.

Tá na hora, Albano disse.

16

Valdomiro Menezes renunciara ao regime fazia 36 horas. Já recuperara quase um quilo de peso, mas ainda não sabia disso. Sabia apenas que, nervoso como andava, teria um enfarte se comesse mais uma fatia de abacaxi. O mundo conspirava para aborrecê-lo.

O advogado de Brasília advertira: ele e o irmão deveriam sair de cena por uns tempos. O piloto abrira o bico pra valer na PF. A prisão dos dois podia ser decretada a qualquer momento. Mirão pensou em Elaine e chegou a tremer. Ele abriu e fechou a mão direita. Seus dedos ainda doíam. Dois dias antes, Mirão tinha espancado Abílio a ponto de mandá-lo para o hospital.

Mirão tivera problemas para sair do Paraguai. Quando procurou por Lucas Cerqueira no hotel, o rapaz da recepção disfarçou e deu um jeito de avisar a polícia. Mirão precisou inventar uma história para justificar sua ligação com o pistoleiro morto. Que não adiantou, não convenceu os policiais paraguaios. E ele teve de acionar o primeiro escalão de seus contatos, mexer os pauzinhos, como se diz, para ser liberado. Claro que ficou puto com isso. Odiava dever favores.

Voltou ao Brasil sem entender muito bem o que ocorrera no quarto do hotel. Tinha apenas a informação de que Dênis estava com uma prostituta. Quem acha que poderia passar pela cabeça de Mirão que a mulher era Elaine está enganado. Nunca.

Pois foi isso que Abílio disse logo que se encontraram.

E apanhou muito.

Mirão aguardava ansioso por um telefonema de Albano – queria que ele e Brito saíssem no encalço do piloto de imediato, antes que ele sumisse no mundo. Abílio entrou na sala.

O piloto escapou. E ainda por cima matou o Lucas Cerqueira, Mirão disse.

O Dênis fez isso, é?

Mirão achou que viu o princípio de um sorriso nos lábios do irmão. Mas podia ser só a porra do tique.

Me explica, Abílio: como é que esse filho da puta conseguiu fazer um negócio desses? O Lucas chegou a falar que ele estava algemado.

Mirão tinha uma caixa de bombons aberta à sua frente, na mesa. Abílio pegou um. Desembrulhou e examinou o bombom antes de colocá-lo na boca. Mirão viu que não se enganara: ele sorria.

O Dênis estava sozinho?

Não. Parece que tinha uma vagabunda com ele.

Abílio mastigou o chocolate e pegou mais um. Mirão invejava o irmão: o viado comia de tudo sem o menor problema. Sempre esquelético.

A Elaine, Abílio disse.

O que tem a Elaine?

Larga mão de ser cego, Mirão, é a Elaine que está com o Dênis. Os dois estão de caso.

Fazia sentido. Mirão continuou sentado, o olhar fixo na caixa de bombons. Era uma idéia tão extravagante que até fazia sentido. Ele olhou para o irmão: Abílio mastigava – e nem assim o tique o deixava em paz. Quando falou, Mirão se espantou com a calma que havia em sua própria voz.

Desde quando?

Faz tempo.

E por que você não me contou?

Não tenho nada com isso, Abílio disse.

Como não tem, caralho?

A voz de Mirão se elevou.

Você sempre deixou essa menina fazer o que ela bem entendesse. Viu no que deu?

Você é um grande filho da puta.

A voz de Mirão elevou-se mais ainda. Ele se levantou. Abílio sentiu que uma pequena corrente de irritação o percorria. Não gostava que gritassem com ele. Uma das duas coisas que mais detestava. A outra? Que o chamassem de bicha. E foi isso que Mirão fez.

Viado de merda.

Abílio nunca tivera medo do irmão. Pelo menos até aquele dia. Então deu-lhe uma violenta bofetada.

Mirão saiu dos trilhos. E pulou em cima de Abílio,

arrastando com ele a cadeira e boa parte das coisas que estavam sobre a mesa. Um barulho grande. Que acabou por salvar a vida de Abílio.

Os dois empregados entraram na sala no instante em que Mirão acertava o terceiro chute no rosto do irmão, golpes precedidos por dois socos, um no estômago, outro no nariz. Abílio já estava desacordado e os homens tiveram trabalho para conter Mirão. Só depois de subjugá-lo, conseguiram colocar Abílio num carro e levá-lo para o pronto-socorro. No caminho, compartilharam a opinião de que aquilo ia mesmo acabar acontecendo algum dia entre os Menezes.

O depoimento do piloto na Polícia Federal tinha durado 17 horas. Ele contou tudo que se lembrava: rotas, quantidades e destinatários da droga. Os tiras adoraram. A comissão permanente de deputados que investigava o narcotráfico já anunciara que iria convocar Dênis. Os Menezes eram o próximo alvo.

Mirão estava se perguntando, pela enésima vez, como não havia percebido o que ocorria entre Elaine e Dênis. Amava a filha, mas ela passara dos limites, agira como uma prostituta. Precisaria tomar uma providência séria quando a resgatasse. Teria de ser duro. Nesse momento, Albano abriu a porta da sala e entrou. Brito o acompanhava.

Mirão nem deixou que se sentassem.

Vocês dois vão pra Brasília hoje mesmo, disse.

E resumiu em meia dúzia de frases a situação: o piloto denunciara quase todas as rotas, o esquema completo. Estavam impedidos de operar. Pior: ele e Abílio teriam de desaparecer por um período. Mirão anotou um número no verso de um cartão e o passou a Albano.

É o telefone de onde eu vou estar escondido. Ligue pra me manter informado. E tomem muito cuidado. Não se esqueçam do que aconteceu com o Lucas.

Albano colocou o cartão no bolso e pensou no pistoleiro. Tinham se encontrado em três ou quatro ocasiões, se tanto. Na última vez, quase um ano antes, Albano fora incumbido de acompanhá-lo num serviço considerado difícil. Só que, na última hora, Lucas refugou a parceria. Era um homem vaidoso. Disse que confiava o suficiente em si para fazer qualquer trabalho sozinho. Albano, é claro, ficou magoado. Mas não ficara feliz ao saber da morte de Lucas. E achava isso estranho. Assim como achava estranha a calma de Mirão, considerando a gravidade da situação. Mirão estava triste, Albano imaginou.

Uma coisa muito importante: a Elaine está com ele. Quero que vocês tragam ela de volta. Viva, entenderam? Matem só o piloto.

Foi a primeira vez que Brito presenciou Mirão deixando de lado os eufemismos ao falar de um trabalho. Raiva, calculou.

Brito e Albano pouco apareciam na fazenda. Apesar disso, existia a possibilidade de que Elaine e Dênis os reconhecessem. Brito comentou isso.

É um risco, Mirão concordou. Mas a surpresa vai estar do lado de vocês. Ninguém é capaz de imaginar que a gente vá tentar alguma coisa agora.

Depois de seu depoimento, Dênis fora incluído no programa de proteção a testemunhas do governo. Ele e Elaine. Podiam estar escondidos em qualquer ponto do país, com novas identidades.

Mirão se levantou, ergueu a cintura da calça e se aproximou dos dois. Pôs a mão no ombro de Albano.

Traga a Elaine de volta, Albano. Por favor.

Foi o pai que falou, Brito considerou, não o traficante. Ele nunca vira Mirão naquele estado. Parecia derrotado.

Quando saíram, um dos empregados avisou que Abílio queria falar com eles. Estava no hospital, o homem informou. Brito e Albano tinham ouvido rumores sobre a briga entre os Menezes. Sabiam que fora feia.

Eles passaram pelo hospital antes de embarcar para Brasília – levavam dinheiro para o advogado comprar, de um contato no Ministério da Justiça, a informação sobre o paradeiro de Dênis e Elaine.

Abílio Menezes esperava por eles com um braço engessado, hematomas e inchaço em quase todo o rosto e um olho tingido de sangue. Isso e mais os rins abalados. Falava com dificuldade: os chutes de Mirão haviam fraturado seu maxilar e seu nariz. Brito notou que Abílio também parecia estranhamente dócil. Talvez fossem os remédios que estavam lhe dando.

Albano e Brito sentiam-se mais à vontade com Abílio do que com Mirão. Brito até achava que Albano e Abílio funcionavam numa espécie de sintonia à parte.

Brito não tinha como saber, mas o que existia entre os dois atendia pelo nome de cumplicidade. Porém, para compreender isso, é necessário conhecer alguns episódios fundamentais da vida de Abílio. Dois deles, em especial.

Ele tinha uns quinze anos na época do primeiro. Nicanor e Mirão o levaram à força a um puteiro e o humilharam. Teve de ficar nu diante deles e de uma mulher, não funcionou. Um horror. Queriam curar a bicha, diziam.

O segundo episódio foi mais grave. Abílio namorava o garçom de uma boate em Porto Velho. Uma tarde, os dois cochilavam nus no quarto da casa do garçom quando Nicanor e dois capangas a invadiram. Uma selvageria. Foram espancados barbaramente. O rapaz sofreu um traumatismo craniano, ficou cego de uma vista e perdeu a fala. (Uma única vez Abílio reviu o garçom: mendigava pelas ruas de Porto Velho, devastado. Ninguém diria que fora um homem lindo.)

Abílio teve costelas quebradas e apanhou muito na cabeça. Nicanor tinha a mão pesada. E era tão grande quanto Mirão.

O problema é que Abílio estava com 24 anos na ocasião. Nicanor também. Eram gêmeos. Impossível pensar em duas pessoas mais diferentes. Em tudo. Mas, principalmente, divergiam em peso e tamanho e na idéia que cada um fazia sobre as finalidades e usos do ânus.

Os três Menezes já ganhavam muito dinheiro com contrabando e drogas nesse tempo.

Foi depois do espancamento que o tique labial de Abílio apareceu. Uma lembrança. Ou um alerta. Para que nunca se esquecesse de que aquela era uma família de machos.

Essa pouca-vergonha tem que acabar.

Era isso que Nicanor repetia enquanto socava e chutava o irmão.

Nicanor Menezes.

Um cara macho.

Sua idéia básica de acerto de contas incluía articulações apartadas na marra e, sempre que possível, a serra-elétrica.

Numa madrugada, demolira uma boate embolado com um cara que mexera com sua puta favorita. Campeão de braço-de-ferro, encarou três paraguaios num bar em Assunção, um deles armado com um punhal. Dobrou os três só na mão.

Um cavalo.

Se brigava com a mulher, podiam acontecer coisas assim: Nicanor só chegava em casa de manhã, fedendo a perfume barato, ou passava uma semana com a mesma cueca. Não se lembrava de trocar. Esse tipo de homem.

O mérito de Nicanor: ele conduzira a transição dos negócios da família do contrabando para a droga e, pouco depois, para as armas. Era arrojado, exercia liderança sobre os irmãos. E odiava homossexuais.

Um ano antes de sua morte, alguém andou praticando tiro-ao-alvo contra os travestis que faziam ponto numa quebrada de Porto Velho. Desconfiou-se que era coisa de Nicanor.

Batia na mulher com regularidade. E não apalpava, não – ela também era grande. Nicanor baixava o cacete. Por que ela não o deixava? E o medo?

Só existia uma coisa pela qual ele se derretia. Crianças. E, ironia, não conseguira ter filhos. Problema com os espermatozóides, eram fracos. Certa vez, um desajuizado fez uma piada sobre o assunto perto de Nicanor. Tomou um murro tão violento que apagou na hora.

Essa era a grande diferença de Nicanor Menezes com a vida.

Quando estava de bem com ele, coisa rara, a mulher falava sobre os avanços das técnicas de inseminação artificial, que a TV mostrava com freqüência. Vê lá se Nicanor Menezes ia topar um negócio desses. Para ele, era o mesmo que sua mulher trepar com outro. Por tabela.

Ele resolvia a maioria dos assuntos na porrada. E gostava de sua fama de valente.

De que adiantara tudo isso? Nicanor estava morto, Abílio pensou, e ele, vivo. Vinha daí seu vínculo com Albano.

Abílio deixou o tempo passar depois da surra. Não demorou e o incidente foi esquecido. Ou pelo menos pareceu assim. Ele não falava com Nicanor. Dedicava-se a cultivar um ódio escuro e úmido. Pantanoso. Criou uma segunda pele com esse ódio. A pele de um animal peçonhento esticada no tanque de um curtume. Nicanor e o tique que recebera de presente do irmão gêmeo.

Um dia foi procurado por Albano, o pistoleiro que entrara para o bando havia pouco mais de um ano, a quem emprestara dinheiro numa ocasião. Mixaria. Abílio nem fez questão de receber de volta. Albano o tinha visto com namorados uma vez. Cumprimentou-o. E continuou a tratá-lo com o respeito de um empregado.

Albano contou a Abílio que Nicanor tinha encomendado sua morte. Decidira acabar de vez com o que chamava de "vergonha da família Menezes". Albano contou até quanto receberia pelo serviço. Abílio se propôs a cobrir a oferta do irmão. Albano pediu o triplo, uma soma considerável, explicou que só era fiel ao dinheiro. Abílio topou. E os dois mataram Nicanor Menezes. Mais ou menos isso.

Nicanor era um alvo fácil, um homem de movimentos rotineiros. Achava que ele devia meter medo nas pessoas, não o contrário. Tocaiá-lo não foi trabalhoso.

Nicanor havia brigado com a mulher e planejava dormir na casa da fazenda. Chegou a anunciar isso durante o dia, numa conversa com Mirão. Todos ouviram. Tinha bebido um bocado e estava embriagado no momento em que avistou Albano parado ao lado do carro, na beira da estrada de terra que conduzia à fazenda. Madrugada. Nicanor estacionou, com a intenção de descobrir o que acontecia, mas não chegou a descer. Não tinha condições.

Abílio saiu do carro e pediu emprestado o revólver de Albano. E deu três tiros no irmão. Dois no peito, um na cabeça. Albano recebeu seu dinheiro sem precisar trabalhar, mas a história teve um desdobramento inesperado, que o deixou muito nervoso.

Acontece que Abílio fora incompetente. Ou Nicanor tinha resistência demais. Ou as duas coisas juntas. O fato é que, mesmo baleado três vezes, Nicanor não morreu. Permaneceu em coma por quase uma semana. Um cavalo. Os médicos diziam que, se escapasse, ficaria preso a uma cadeira de rodas. Foram dias tensos, Albano perdeu peso e noites de sono. Chegou a perguntar a Abílio o que fariam se Nicanor sobrevivesse. Ele respondeu que o matariam de novo.

Então Nicanor Menezes presenteou o mundo com sua ausência.

Caras como ele, Abílio costumava pensar, não faziam falta nenhuma. Mirão andou desconfiado por uns tempos. Depois, passou. Nicanor Menezes tinha pencas de inimigos em sete ou oito estados da federação, para não falar além das fronteiras.

Abílio gemeu ao mover-se na cama do hospital. Estava urinando sangue. Já era um homem que pouco falava e, com o maxilar naquelas condições, foi mais direto do que nunca. E, quando falou, olhou mais para Albano do que para Brito. Queria que ele matasse Elaine também.

Mate os dois. Eu pago por fora.

O triplo?, Albano perguntou.

O triplo, Abílio respondeu.

Um jeito de se vingar de Mirão. Enquanto criava coragem para mandar matá-lo também.

17

O homem com nariz de boxeador estacionou o Opala num ângulo de 45° em frente ao clube fino da cidade, um sobrado antigo e bem conservado, com sacadas amplas e todas as luzes acesas, embora estivesse deserto naquele momento. Uma faixa com letras em vermelho berrante ainda convidava para o show beneficente de uma dupla sertaneja, que ocorrera uma semana antes. O homem saiu do carro, nem se deu ao trabalho de trancá-lo, e entrou no supermercado.

Albano parou ao lado do Opala.

Havia muita gente fazendo compras àquela hora. Albano se deteve diante da seção de congelados e fingiu que examinava uma das marcas de lasanha expostas, para poder observar o homem, que estava a menos de dez passos, no fim do corredor. Tinha um jeito tranqüilo, quase bonachão. Visto de perfil, seu queixo se projetava, prognata. Devia ter pouco mais de quarenta anos. E, considerando sua altura, estava um tanto acima do peso. Músculos decadentes, tornando-se flácidos. Mas era forte e talvez ainda fosse rápido. O nariz achatado indicava que levara o boxe a sério em algum momento de sua vida.

Entre ele e Albano, duas mulheres conversavam de

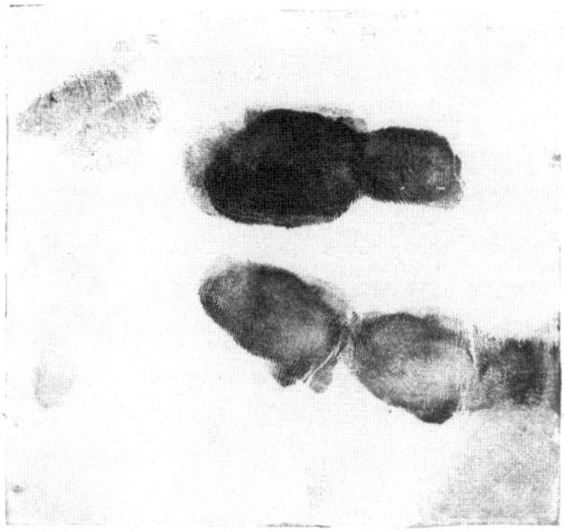

um jeito animado, apoiadas em carrinhos quase cheios. Uma delas se queixava do preço de um sabão em pó.

O braço de Albano foi tocado. Ele se virou na hora. A moça de uniforme perguntou se ele não gostaria de provar um novo tipo de margarina. Albano aceitou e aguardou que ela untasse uma minitorrada, forçando um sorriso. Ainda não se refizera do susto. Odiava ser tocado de surpresa.

Albano mastigou e fez uma cara que julgava ser de insatisfação. A moça olhou-o, apreensiva. Então ele sorriu e pediu mais uma torrada. Brincava, testando sua capacidade de simulação. Ficara tenso.

A moça entregou-lhe a torrada, Albano agradeceu, ela se afastou. Albano, na verdade, não identificara diferença alguma entre a nova margarina e as que já conhecia.

(E a moça, com exceção de Odete e Rosamaria, foi a mulher que melhor pôde observar seu rosto. A polícia nunca soube disso.)

Albano reparou que o homem havia desaparecido de seu campo de visão. Mas não teve dificuldade para localizá-lo outra vez, agora na seção de frios. A noite abafada tornava desnecessário o paletó que ele vestia. Albano, porém, não podia dizer nada: usava um casaco folgado e ainda mantinha o boné na cabeça.

O homem visitou mais algumas gôndolas e depois se postou numa das filas para o caixa. Albano saiu pela lateral e se encostou na porta do supermercado. E esperou.

Brito escolhera um posto de observação estratégico, a pouca distância dos carros, de onde podia controlar a entrada do supermercado sem ser notado. Ele viu que Albano brincava com o isqueiro.

Albano ficara fascinado com a notícia de que um grupo de adolescentes queimara um índio vivo em Brasília. Os dois haviam passado pela cidade quase um mês depois e o assunto ainda dominava a maioria das conversas. Albano comentou que iria pôr fogo em alguém qualquer hora, bastava aparecer uma oportunidade.

Estavam no restaurante de um hotel, em companhia do advogado de Mirão, à espera do contato do

Ministério. O advogado riu do comentário e disse que Albano devia ter morrido numa fogueira em alguma encarnação passada.

Brito não gostava do bando de burocratas engravatados que comia nas mesas ao seu redor, mas adorava Brasília. Em sua opinião, a cidade parecia existir sem levar em conta as pessoas. Uma cidade em que a presença humana tinha jeito de provisória.

O contato do advogado juntou-se a eles na mesa. Era um sujeito nervoso e sua pele, pálida, destoava da cor com que seu cabelo e bigode estavam pintados. Ele olhava para os lados o tempo inteiro e cumprimentou, com visível desagrado, vários homens que almoçavam no restaurante. Brito ficou com a impressão de que todos ali se conheciam.

O garçom se aproximou e o sujeito informou que queria apenas uma salada. Depois, voltou-se para o advogado e perguntou pelo dinheiro. Albano apontou a pasta sobre a cadeira.

O sujeito evitava olhar para o rosto de Albano e Brito. Talvez para dificultar que registrassem suas feições. Uma manobra inútil: ambos eram bons fisionomistas. Brito, em especial: só precisava ver a pessoa uma única vez para gravar seus traços. Um dom. No caso daquele homem, com os cabelos e o bigode numa cor tão antagônica à da pele, ele nem precisaria se esforçar.

O sujeito escreveu num guardanapo e o entregou ao advogado, que o repassou a Albano. Ele leu e perguntou:

Onde fica isso?

O sujeito respondeu olhando para o advogado.

Interior de São Paulo.

Quando os pratos chegaram, ele mal tocou na salada. E não demorou muito para se levantar, pegar a pasta e sair do restaurante, depois de apertar somente a mão do advogado. Albano achou que deveria se lembrar dele no dia em que resolvesse incendiar alguém.

Os três pediram café. O advogado olhou para Albano e Brito.

Agora é com vocês. Se o piloto testemunhar, vai foder com tudo.

Na manhã daquele dia, a prisão preventiva de Mirão e de Abílio havia sido decretada. Ambos estavam foragidos – tinham removido Abílio às pressas do hospital.

Albano soprou o café, bebeu e então sorriu.

Ele não vai testemunhar.

Brito viu que o nariz de boxeador deixava o supermercado, carregando diversas sacolas, e que Albano o seguia de perto. Ele se posicionou para a abordagem.

O homem abriu a porta traseira do Opala e depositou as sacolas no assento. Foi nesse instante que notou Albano se aproximando entre os dois carros. Por instinto, tentou alcançar a arma que ocultava sob o paletó, mas desistiu ao sentir o cano do revólver de Brito em suas costas. Albano o algemou e recolheu seu celular e a automática que ele carregava no coldre sob a axila esquerda, enquanto Brito vigiava a rua com atenção. Tudo estava sob controle, o movimento de pessoas só era grande no estacionamento do supermercado.

Se tentar alguma coisa, você morre aqui mesmo, Albano avisou.

O homem foi colocado no assento dianteiro do Opala e Brito assumiu o volante e saiu na avenida em velocidade. Pelo retrovisor, viu que Albano o escoltava a pouca distância. Dirigiram para a saída da cidade, rumo à rodovia.

Albano disse um palavrão quando um Fusca azul cruzou a avenida à frente do Opala, obrigando Brito a frear para evitar a colisão, o que arrancou um ruído prolongado dos pneus. Ele sabia que aquele era o momento crítico da ação. Precisavam ser rápidos. Qualquer contratempo poderia arruinar seu plano.

Brito também disse um palavrão quando o Fusca azul cruzou a avenida de repente, obrigando-o a frear para evitar uma colisão. Sem as mãos para apoiar-se, o homem foi jogado para a frente e bateu a cabeça no pára-brisa. Brito percebeu que o ruído da freada atraíra a atenção dos fregueses de um bar. O motorista do Fusca colocou o braço para fora da janela e gritou com ele, agitando o punho fechado, antes de se afastar na direção contrária. Brito ajudou o homem a sentar-se de novo e acelerou.

Rodaram por algum tempo na rodovia. Albano só ficou aliviado quando viu piscar a luz de seta do Opala, indicando que Brito estava saindo à direita.

A despeito de passar a trafegar por uma estrada de terra estreita e buraquenta, Brito manteve a velocidade. O homem algemado não conseguia manter-se no assento. Por fim, ele curvou o corpo, encostando-se na porta, e permaneceu nessa posição até que o Opala parou. O curioso é que ele não parecia nem um pouco assustado.

Albano estacionou atrás do Opala e deixou os faróis ligados. Eles iluminaram Brito ajudando o homem a sair do carro.

O que vocês querem comigo?

Me fala do cara, Albano disse. Ele tá armado com o quê?

Que cara?

O piloto.

Que piloto?

O empurrão de Albano foi tão brusco que jogou o homem de costas no chão. Uma expressão de dor aguda surgiu em seu rosto. A estrada era pedregosa.

Eu não tô brincando, Albano disse. Quando eu perguntar alguma coisa, responda direito, entendeu?

Brito se abaixou e pegou a carteira no bolso do paletó do homem. O documento informou que seu nome era Horácio e que estava lotado na PF de Goiânia.

Que arma que o piloto tem?

7.65, o homem respondeu, com voz de quem sentia muita dor. Me levanta daqui, porra.

Brito ia atendê-lo, mas foi impedido por Albano.

Você tem alguma senha pra entrar na casa?

O homem negou balançando a cabeça.

E a garota, ela também tá armada?

Não tem garota nenhuma lá.

Como não tem? E a namorada do piloto?

Ele está sozinho.

Albano pensou por um segundo. Daí, sorriu.

Você não dá mesmo o braço a torcer, hein? Me ajuda aqui, Chico.

Eles ergueram o homem e o espremeram no porta-mala. Horácio olhou para Albano.

Vocês vão me deixar aqui?

Albano se afastou sem responder.

Uma hora a gente vai se encontrar de novo, ele falou para Brito.

Pode ser.

Brito bateu a tampa do porta-mala e, antes de juntar-se a Albano no outro carro, removeu o controle eletrônico e jogou o chaveiro do Opala no mato. Era uma noite de lua encoberta. A luz de uma casa solitária brilhava no meio do descampado, a uma boa distância de onde estavam.

Albano teve dificuldade para manobrar o carro na estrada estreita. Brito olhou para o Opala uma última vez.

Vão demorar pra encontrar o cara aí, ele disse.

Albano saiu derrapando os pneus nas pedras.

Ele tem sorte de ser um federal. Se não fosse, eu tinha tocado fogo no carro com ele dentro.

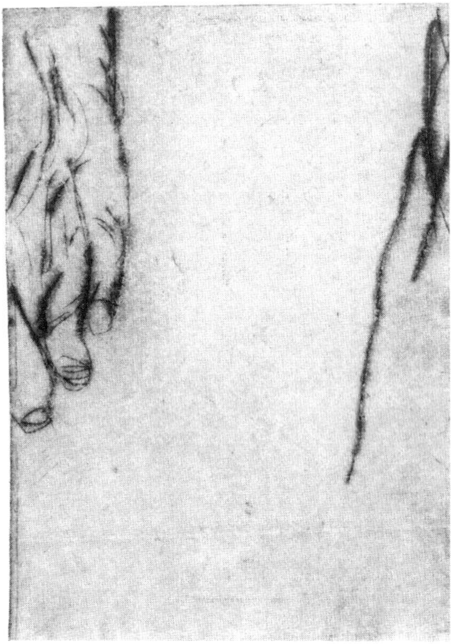
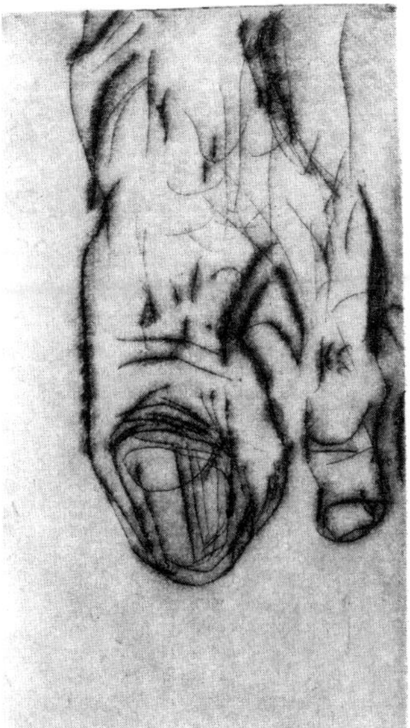

18

No começo, Brito andou freqüentando as boates da Nestor Pestana e arredores, não muito longe de um certo sobrado antigo e discreto. Apenas uma pequena luz vermelha e um sujeito atarracado e de terno parado nas imediações davam pistas de que ali funcionava uma casa de mulheres. A *Casa da Bruna*.

Ele passava pela rua quase todas as noites, em marcha lenta. Nunca parou. Ainda não estava desesperado o bastante.

Soraia era uma índia do interior do Pará, de uma cidade que Brito e Albano já tinham visitado a serviço; Nice, uma loira com mau hálito, que quis amarrá-lo na cama (ele não topou); Vívian, uma japonesa magrela, que Brito repetiu por três vezes – seu jeito esguio lembrava um pouco Marlene.

Acontecia sempre em hotéis e motéis baratos. Brito não levou nenhuma delas para o apartamento. Um território sagrado.

Então ele encontrou a doida. Fazia mais de um mês que Marlene havia ido embora.

A doida se chamava Berenice. Berê. Adorava misturar bebida e comprimidos. Brito a viu pela primeira vez na boate de um hotel fino – ele acompanhava um parente dos Menezes que visitava São Paulo e não conhecia bem a cidade. O homem bebia uísque numa das mesas, em companhia de um casal. Tratavam de negócios e, para deixá-los à vontade, Brito se encostou numa pilastra e observou os rapazes e moças que ocupavam a pista de dança. Gente jovem e bonita. Foi quando reparou na garota que dançava perto do bar.

Berenice usava um vestido justo e algum tipo de aditivo que não era vendido naquela boate. Ao menos de forma escancarada. Tinha olhos de quem estava só de corpo presente. Vidrados. Mesmo assim, sorriu ao perceber que era observada.

Uma das mulheres mais bonitas que Brito viu em toda sua vida. Depois que o parente dos Menezes se recolheu ao quarto, ele retornou à boate e a abordou.

Ela trabalhava com moda, embora Brito nunca tenha entendido direito o que isso significava. Por que a levou ao apartamento? Simples: Berenice não concordou com a idéia de ir para um hotel ou motel. Não fazia esse gênero de mulher. Brito estava doido para comê-la e teve de ceder.

Os dois se entenderam bem, tanto na cama quanto fora dela. E ficaram juntos.

Sóbria, Berenice se revelava inteligente e divertida. Tinha viajado por diversos países, era culta, sabia contar histórias de um modo engraçado. Sua imitação das velhas senhoras da sociedade – que ela, de família tradicional, conhecia bem – era impagável. Berê adorava sair à noite, arrastando sempre Brito com ela. Talvez ele estivesse precisando disso, pois deixou de sonhar com Marlene.

O problema eram os malditos aditivos. Berenice endoidava. Funcionava bem para o sexo, ela se tornava fogosa de um jeito que Brito nunca vira acontecer com outra mulher, e nada mais. Chegaram a conversar sobre o assunto – e Berê acabou convencendo-o a tomar um dos comprimidos. Foi uma loucura. Ele nunca experimentara drogas antes e ficou alucinado por quase doze horas. Ao voltar à tona, constatou horrorizado que se lembrava muito pouco do que acontecera nesse lapso. Não havia como descobrir o que causara as manchas roxas que se espalhavam por seu corpo e por que sentia tanta dor no pau. Berê achou tudo muito divertido; Brito considerou que passara por uma experiência que nunca mais repetiria na vida.

Aos poucos, Berenice se instalou no apartamento. Ele percebeu o que acontecia, mas não fez nada a respeito. Gostava dela, ou ao menos pensou que gostava. Não do jeito que gostara, gostara?, de Marlene. Menos.

Brito tinha esperança de que a coisa aumentasse de intensidade com o tempo. Era só tirar os comprimidos de cena.

Berenice dava festas, recebia amigos para jantar. Gente colorida, alegre, cuja noção de futuro não ia muito além da programação das noites da semana. Brito e Marlene nunca recebiam ninguém no apartamento, e ele ficou em dúvida se o isolamento dos dois não contribuíra para o fim.

Os convidados de Berê o divertiam. Eram todos bem mais jovens do que ele, ricos, mas o tratavam de igual para igual, e Brito gostava daquilo. Uma vez, numa festa, um barbudo cheio de brincos e anéis perguntou como ele ganhava a vida.

Eu mato gente.

Não sabia bem por que fizera isso, talvez apenas para espiar a reação do sujeito. O barbudo considerou a informação por menos de meio segundo. E daí em diante passou a chamá-lo de "matador".

Gente doida.

Vindos de uma festa, dia claro já, Brito e Berê cruzaram no elevador com a velha do apartamento vizinho e seu filho. O tempo inteiro, a velha insistiu em trocar o nome de Berenice por Marlene, enquanto o rapaz mantinha um sorriso idiota congelado no rosto. Brito reparou que a saliva se acumulava no canto dos lábios dele e que não tirava os olhos do decote de Berenice.

Gente muito doida.

Brito viajou durante uma semana por cidades do Mato Grosso, como guarda-costas de Mirão Menezes. Ao voltar a São Paulo, não achou Berê no apartamento – e ela ainda demorou mais três dias para aparecer. Estava tão chapada que ele desistiu de pedir explicações.

No dia em que chegou de um cinema e deu de cara com Berenice se drogando em companhia de três amigos, Brito se convenceu de que precisava tomar alguma providência.

A mágica não acontecera. Tinha voltado a sonhar com Marlene. Acordava perturbado. O enredo de sempre: os dois se encontravam num lugar ameaçador e ela pedia que ele a levasse de volta para casa.

Berê disse que precisava de um tempo para alugar um apartamento e se mudar, Brito concordou. Só que esse tempo acabou se estendendo.

Às vezes, eles ainda faziam sexo. Berê, sempre doidona. Brito, sempre de camisinha.

Teve uma hora em que ele cansou.

Estavam discutindo a demora de Berê para deixar o apartamento. Ela perguntou:

Afinal, quem é essa Marlene?

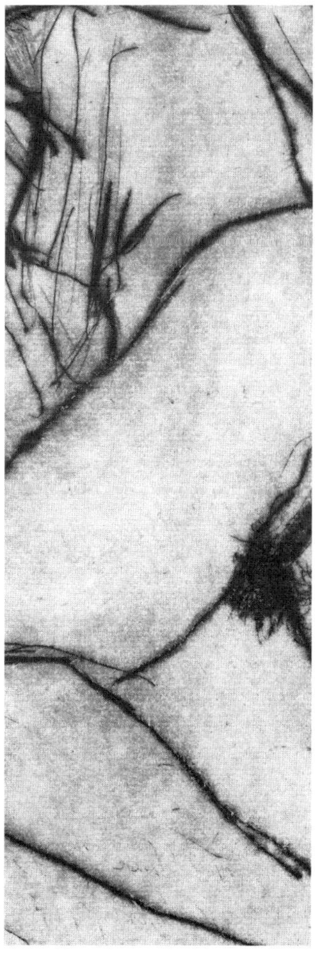

Brito sempre evitara falar do passado. E achou que a pergunta estivesse ligada ao encontro que tiveram com a vizinha e seu filho no elevador, e amaldiçoou a velha, como de costume. Mas descobriu que estava enganado.

Você fala dormindo, cara. Uma vez, você até trocou meu nome pelo dela quando a gente estava trepando.

No dia seguinte, Brito pagou um mês de aluguel adiantado num *flat* e praticamente colocou Berenice para fora do apartamento. Nunca mais se viram.

Então o desespero soterrou Brito.

Permaneceu dias estirado no sofá, diante da TV ligada, só se levantando para comer ou ir ao banheiro. Parou de fazer a barba, deixou de tomar banho. A sala do apartamento começou a feder.

Brito perdeu a noção do tempo: dormia de forma irregular, não mais do que um par de horas, em vários períodos do dia ou da noite. Esperava que o telefone tocasse, mas isso não aconteceu. Nem mesmo os Menezes ligaram. Brito estava enlouquecendo.

Quando os mantimentos acabaram, passou a sair para comprar comida – e o cenário caótico da sala ganhou o reforço de pratos de alumínio sujos e garrafas vazias.

Às vezes, o homem da portaria pedia que Brito descesse para apanhar as correspondências. Todas endereçadas a Marlene, nenhuma para ele. Durante sua vida inteira, Brito não recebeu mais do que meia dúzia de cartas, incluindo os folhetos com promoções de lojas. Um homem à margem, esperando um telefone tocar.

Até o dia em que chegou ao limite.

Ele se preparou desde cedo nesse dia: tomou um banho demorado, fez a barba, trocou de roupa. Gastou a manhã limpando o apartamento.

À tarde, saiu para comer e assistiu num cinema da Ipiranga a dois filmes, um após o outro, sem sintonizar a atenção no enredo de nenhum deles. Estava ansioso demais.

Quando escureceu, Brito só perdeu tempo com uma dúvida: levaria ou não seu revólver? Resolveu que iria desarmado.

Havia muitos homens na casa, uma grande agitação. Brito se encostou no balcão e pediu um uísque. E esperou.

As mulheres olhavam e sorriam, mas nenhuma o abordou. Regras da casa.

Ao pedir o segundo uísque, disse ao *barman* que queria falar com Bruna. O homem repassou o recado a um dos garçons e Brito ficou de olho na escadaria. Mas quem desceu por ela não foi Marlene, mas um sujeito magro, de gravata borboleta, que Brito sabia chamar-se Eliseu. O gerente do lugar.

Dona Bruna não vai descer. Ela pediu que o senhor vá embora da casa.

Brito encarou o homem. As olheiras dele eram tão nítidas que davam a impressão de ser resultado de maquiagem.

Eu não vou sair daqui enquanto não falar com ela.

Eliseu fez cara de aborrecido e coçou o pescoço. Um código, Brito percebeu, pois dois grandalhões se aproximaram e o ladearam na hora.

O senhor não vai criar problema pra nós, não é?, Eliseu perguntou.

Brito olhou para o rosto de um dos seguranças. Deu para ver que ele estava torcendo para que isso acontecesse.

Eu não estou aqui pra criar problemas. Só quero falar com ela.

Ela já mandou avisar que não vai falar com o senhor. Não adianta insistir. É melhor o senhor ir embora.

Eu vou esperar aqui até que ela mude de idéia.

Eliseu suspirou. Encurralado pelo trio, Brito girou o corpo, apoiando-se no balcão. Com o canto dos olhos, controlava os movimentos do *barman* às suas costas. Lamentou estar sem sua arma. Fora um erro não trazê-la.

Sabia que só teria a chance de acertar um deles, e escolheu o que parecia ser o mais forte. Os homens e mulheres continuavam conversando e rindo alto, sem perceber o que ocorria. Os grandalhões prepararam o bote, à espera de um sinal de Eliseu.

Foi nesse instante que Brito ouviu uma voz que conhecia bem, da qual fora privado nos últimos três meses.

Pode deixar, Eliseu. Eu vou falar com ele.

Brito se virou. Marlene descia os últimos degraus da escada, deslizando uma das mãos pelo corrimão. Usava um vestido verde-claro, de tecido fino e brilhante, e parecia flutuar como na primeira vez em que Brito a vira. Seus cabelos estavam mais curtos. Continuava linda, mas havia uma espécie de tristeza em seu rosto. Ele considerou aquilo um bom sinal.

Os dois seguranças se afastaram um pouco, mas permaneceram atentos à cena. Marlene cruzou os braços.

O que você quer aqui, Brito?

Quero conversar com você.

Nós não temos nada pra conversar.

Brito reparou nos bicos dos seios espetando o tecido do vestido. A voz de Marlene soava diferente. Mais áspera.

Quero que você volte, ele disse, olhando-a nos olhos.

Marlene sustentou o olhar.

Eu não vou voltar, Brito. Você não entende? Acabou.

Ele observou os homens e as mulheres na sala. O ambiente cheirava a uma mistura abafada de perfume e cigarro, que não chegava a ser desagradável. No futuro, cada vez que sentisse um odor semelhante, iria se lembrar daquele momento.

Um cliente encostou-se no balcão, pediu bebida e ficou olhando para Marlene, com cara de quem tentava adivinhar quanto ela cobraria por um programa. O estômago de Brito doeu.

Você está com outro?

Marlene riu. Um riso curto, que logo desapareceu de seus lábios.

Você não entendeu nada mesmo, ela disse. Vou te pedir um favor: não volte mais aqui.

Então Marlene se virou e subiu a escada. Foi a última vez que Brito a viu.

A caminho do apartamento, ele comprou um litro de uísque vagabundo num bar e bebeu metade da garrafa antes de apagar no sofá. Foi despertado pelo telefone, assim que o dia amanheceu.

Sua cabeça latejava. Demorou para compreender o que Albano falava. A ordem era para que pegasse um avião naquele mesmo dia, Albano esperaria por ele no aeroporto de Rio Branco. Tinham um encontro com um sindicalista chamado Josué em algum lugar do interior do Acre. Um cara que não conheciam, de quem não sentiam raiva. Mas que iriam matar.

19

O piloto estava usando o nome de Jair Anselmo Ramos. Era o que sua carteira de identidade dizia. Mas não sentia ser outra pessoa.

O piloto de vez em quando tinha medo. Mas só de vez em quando. A maior parte do tempo ele passava tranqüilo. Como é que alguém poderia localizá-lo num cu de mundo daqueles?

O piloto não pensava muito nos irmãos Menezes. Os dois iam ser presos a qualquer hora, ele pensava.

O piloto sofria com duas outras coisas naquele momento.

Uma era a doença esquisita que aparecera em sua mão esquerda e deixava a pele esbranquiçada. O troço estava aumentando e nenhum remédio resolvia. Com certeza era contaminação por algum dos pesticidas que ele passava o dia borrifando do avião. Talvez precisasse ir a São Paulo, procurar um especialista. Seria uma operação de guerra.

Ele viu no vidro da janela piscarem as luzes coloridas do parque, ouviu a voz esganiçada gritando um *jingle* no alto-falante. Um parque mambembe numa cidade mambembe. O piloto vivia ali com seu monomotor amarelo, pulverizando as plantações da região. Não que precisasse de dinheiro.

Estava de saco-cheio, essa é que era a verdade.

Ele gostava do agente Horácio, um sujeito educado, dócil, caladão, boa companhia. Os dois se davam bem.

O problema era Elaine, a segunda coisa que fazia o piloto sofrer.

Logo que se instalaram na casa, ela começou a implicar com a presença do agente. Dizia que ficava pouco à vontade, que Horácio não saía de perto. Não tinham sossego nem para ir ao banheiro.

É o trabalho dele, é nosso guarda-costas, o piloto disse.

E quando o bebê nascer?

Elaine entrara no quarto mês de gravidez. Engordara um pouco, sua barriga estava visível. E andava sempre nervosa, quase histérica.

Detalhe: ela continuava cheirando muito.

O piloto sabia disso.

E sabia também que Horácio seria substituído em algum momento por outro agente, que depois daria lugar a outro – até o dia em que ele deixasse de ser uma testemunha importante. A partir daí, ele e Elaine ficariam por conta própria. Teriam de contratar um segurança particular.

Não vou ficar enfiada o resto da minha vida neste buraco, Elaine disse.

Estavam no quarto, de porta fechada. O agente Horácio assistia a um debate sobre futebol na sala. Dênis esfregou a unha numa pequena mancha branca que surgira em sua mão esquerda naquela manhã. Coçava de forma insistente.

Algum dia a gente vai poder mudar daqui. Mas não agora.

Elaine vestiu a camisola e deitou-se na cama, dando as costas para o piloto. O clima entre os dois andava tenso, não faziam sexo havia um bom tempo. Dênis tentou até imaginar alguma brincadeira que despertasse outra vez o interesse de Elaine. Mas o que poderia inventar num lugar daqueles?

O piloto abordou o assunto "cocaína na gravidez", disse que se preocupava com a saúde do filho.

Você não vai me patrulhar, vai?

Dênis ainda insistiu, dizendo que, se ela parasse de cheirar, ele também pararia. Elaine o mandou à merda e desligou a luz do abajur. A partir do dia seguinte, os dois deixaram de se falar.

Isso durou quase uma semana.

Uma cena comum nesses dias: o piloto chegava em casa e encontrava Elaine esparramada no sofá, se entupindo de bolachas e doces, de cara amarrada. Ela não respondia sequer ao seu cumprimento.

Dênis bem que se esforçava: ia para a cozinha, preparava os pratos prediletos dela. Não adiantava: Elaine permanecia emburrada.

Quando estavam na sala em companhia de Horácio, o jeito era deixar a TV com o volume máximo para que o silêncio não se tornasse incômodo demais. O piloto achava que, no fim, o mais constrangido ali acabava sendo o agente. Mas Horácio não ligava. Conhecia o esquema, já trabalhara com outro casal em circunstâncias parecidas. Sabia que não devia se meter, só isso.

Então veio o dia em que Dênis não encontrou Elaine ao chegar em casa. Ela caíra fora.

Horácio ficou apavorado, ligou para seus superiores em Brasília, não sabia como deveria agir. O piloto o tranqüilizou: Elaine não corria nenhum risco, o pai não faria nada contra ela. O agente continuava preocupado.

Vamos ter que sair daqui.

Por quê?

Ela pode dedurar o esconderijo.

A Elaine não vai fazer isso.

Rapaz, ela tá puta da vida, é capaz de fazer qualquer negócio.

Tinha acontecido fazia cinco dias. O piloto calculava que Elaine estivesse no Rio, fora de perigo. No fundo, ele apostava que ela acabaria voltando, era questão de tempo. O problema é que iriam removê-lo do esconderijo – e os dois perderiam o contato.

Dênis coçou a mão e notou que as manchas esbranquiçadas se alastravam pelo punho, rumo ao antebraço. Foi nesse momento que ele ouviu o ruído do mecanismo da garagem.

A garagem surpreendeu Albano: era mais ampla do que imaginara. Estacionou ao lado de um Maverick carcomido pela ferrugem. Havia um dedo daquele pó fino e vermelho acumulado sobre o capô. Brito passou o pé pela mancha de óleo no chão: um outro carro, menor, estivera guardado ali não fazia muito tempo.

Os dois olharam para a escada que conduzia ao interior da casa. Albano se benzeu. Brito começou a subir os degraus, mantendo o revólver apontado à frente do corpo.

A escada terminava numa porta que, ao ser aberta, revelou uma cozinha espaçosa e impecavelmente limpa. Albano fez um sinal para Brito, indicando o corredor que levava à sala. O volume da televisão estava alto, vozes em inglês. O piloto assistia a um filme no vídeo.

Eles seguiram pelo corredor, lado a lado, armas apontadas.

Albano foi o primeiro a ver o piloto. Dênis não conseguira se concentrar no filme. Pensava em Elaine e estava tão absorto que demorou um pouco para compreender o que acontecia. Quando quis levantar-se do sofá, não teve tempo.

Brito já entrou na sala atirando.

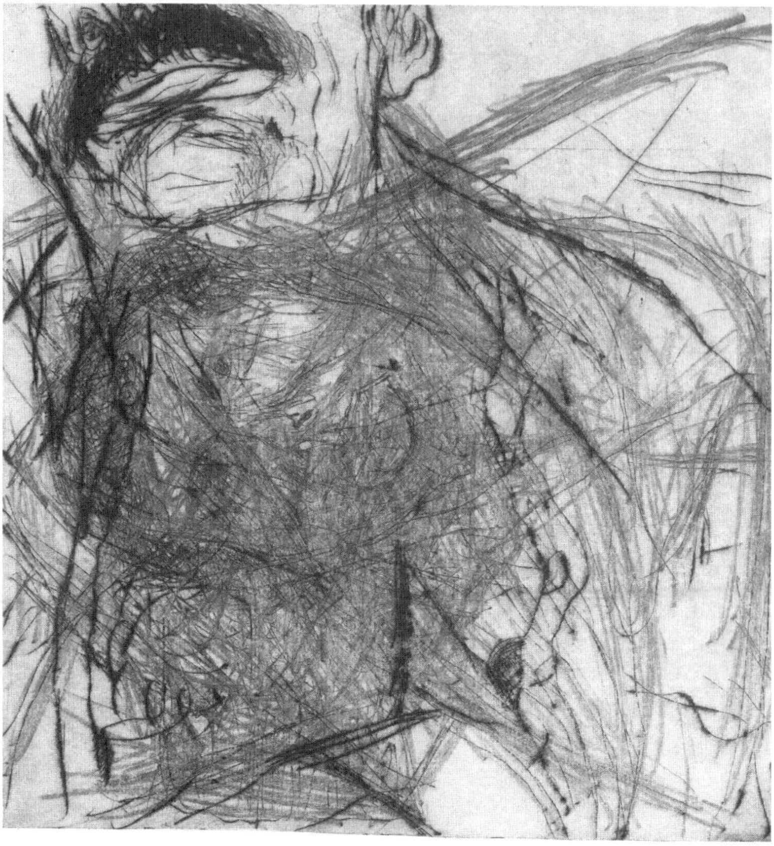

20

Fazia três dias que chovia direto. A estrada de terra estava perigosa, lisa como sabão. Um descuido e o carro deslizaria para a esquerda, indo de encontro a um barranco, ou, pior, para a direita, onde se abria um precipício coberto de vegetação alta.

Com um pouco de boa vontade, qualquer um concordaria que um daqueles montes vistos a distância possuía o formato de um rosto. Lembrava um perfil.

Uns três quilômetros antes, vira um bando de homens tentando desatolar um caminhão com a ajuda de um pequeno trator agrícola. Dois meninos de cócoras sobre um barranco acompanhavam o trabalho com cara de tédio. Ao fundo, depois de uma cerca precária, carneiros enormes pastavam na chuva.

Mais à frente, viu um grupo de choupanas espremidas na beira da estrada. Ali, descendentes de índios vendiam de tudo, de pedras sem valor a ervas medicinais e galinhas vivas. Eram os remanescentes de duas grandes tribos que habitaram a região. Contavam que um bandeirante andara por lá e expulsara a bugrada no trabuco.

A luz declinou. A noite começava mais cedo por causa da chuva. No vilarejo, o homem abrigado no ponto de ônibus teve de explicar duas vezes como se fazia para chegar à fazenda. Era jovem ainda, mas parecia um velho. Sua pele estava arruinada pelo sol.

Dirigiu devagar pelas ruas sem calçamento. Porcos e galinhas circulavam perto das casas. Crianças saíram de uma escola e atravessaram à sua frente. Andavam de braços cruzados, encolhidas de frio. Todas estavam descalças.

A estrada piorou bastante depois do vilarejo. Apesar de ter ligado os faróis, ela não conseguia enxergar os buracos a tempo, e o carro seguia aos solavancos. Um perigo para o bebê.

Elaine ainda trepidou por mais algum tempo até chegar à fazenda e parar diante da porteira. Antes de abri-la, o homem com chapéu e um oleado escuro se aproximou para olhá-la de perto. Ela o reconheceu: um velho empregado da família. O oleado servia para ocultar a submetralhadora que carregava.

O piloto tinha razão quando calculou que Elaine voltaria. Ela voltou – e por pouco não se encontrou com o assassino dentro de casa (nunca soube que eram dois). A certeza de que algo ruim tinha acontecido veio assim que ela desceu do carro e viu o portão da garagem aberto. O corpo de Dênis ainda não esfriara por completo.

O piloto morrera numa posição estranha. Havia escorregado do sofá para o chão e parecia estar sentado, com as costas apoiadas e uma das pernas encolhida.

Sua boca e seus olhos ficaram abertos. Levara cinco tiros, dois na cabeça. Um dos tiros tinha arrancado parte do polegar de sua mão esquerda, a mão atingida pela doença esbranquiçada.

Elaine estacionou o carro próximo ao terreiro de café desativado, a poucos metros da casa. Ele estava na varanda, deitado numa rede que quase tocava o chão. Não parecia nem triste, nem alegre. Gordo, apenas. Mirão.

Ela não tivera dificuldade para arrancar da mãe a informação sobre seu paradeiro.

Antes de descer do carro, Elaine tentou imaginar o que iria deixar o pai mais surpreso: ver sua barriga ou a 7.65 do piloto, que ela pegou na bolsa ao seu lado?

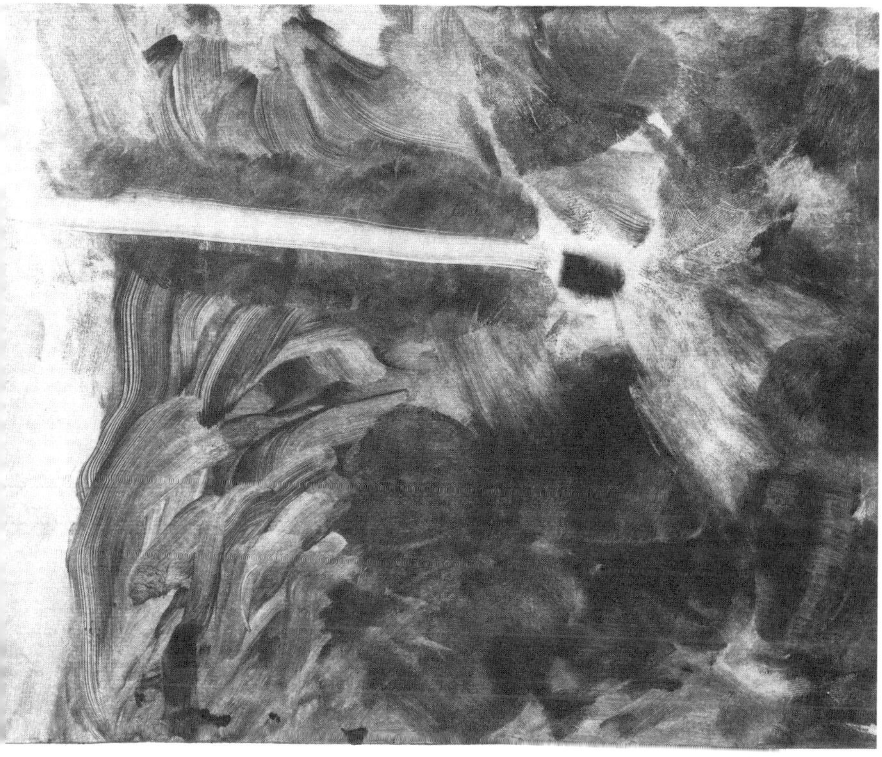

TIPOLOGIA Sabon PAPEL Alta Print 120 gr/m² da Companhia Suzano de Papel e Celulose IMPRESSÃO Geográfica Editora TIRAGEM 5.000 exemplares